U0947587

孙犁最喜欢的藏书票
孙晓玲提供

尺泽集

耕堂文录十种

孙犁 著

天津出版传媒集团
百花文艺出版社

图书在版编目（CIP）数据

尺泽集 / 孙犁著. —天津：百花文艺出版社，2012.5（2023.4 重印）
（耕堂文录十种）
ISBN 978-7-5306-6100-0

Ⅰ. ①尺… Ⅱ. ①孙… Ⅲ. ①中国文学-当代文学-作品综合集 Ⅳ. ①I217.2

中国版本图书馆 CIP 数据核字(2012)第 091436 号

尺泽集
CHIZE JI
孙犁 著

出 版 人：薛印胜
责任编辑：徐福伟
封面设计：郭亚非　　版式设计：郭亚红
出版发行：百花文艺出版社
地址：天津市和平区西康路 35 号　　邮编：300051
电话传真：+86-22-23332651（发行部）
+86-22-23332656（总编室）
+86-22-23332478（邮购部）
网址：http://www.baihuawenyi.com
印刷：天津新华印务有限公司
开本：787 毫米×1092 毫米　1/32
字数：97 千字
印张：6.5
版次：2012 年 6 月第 1 版
印次：2023 年 4 月第 2 次印刷
定价：57.00元

如有印装质量问题，请与天津新华印务有限公司联系调换
地址：天津东丽开发区五经路 23 号
电话：(022)58160306　邮编：300300

孙犁送给女儿晓玲的书法手迹，乃抄录自曾镇南为孙犁晚年十本小集所作的题诗，其中嵌入了这十本小集的全部书名

一九五八年孙犁在青岛疗养

一九五八年孙犁在青岛疗养

一九八一年孙犁在天津多伦道寓所

目 录

芸斋小说

鸡　缸

我们住宅后面就是南市，解放初期，那里的街道两旁，有很多小摊。每到晚上没事，我好到那里逛逛，有时也买几件旧货，价钱都是很便宜的。

有一次，我买了两个瓷缸，瓷很厚很白，上面是五彩人物、花卉，最下面还有几只雄鸡，釉色非常鲜艳。可能是用来装茶叶或糖果的，个儿很不小，我从南市抱回家中，还累得出了一身汗。抱回来，也没有多少用途，我就在里面放小米、绿豆。

文化大革命期间，此物和别的一些瓷器被抄走，传说我家有廿多件古董，这自然是其中之一。关于书，我心里是有底的，说有这么多古董，我却没有精神准备。这些瓷器,都是小贩们当作破烂买来的,我掏一元钱买一件,他们还算是遇到了大头。现在适逢其会,居然上升为古董,我心里有些奇怪。

这当然也是有人揭发的。我们住的是个大杂院,门口有个传达室。其中值班的,有个姓钱的老头,长年穿黑布衣服,叼着铜烟袋,不好说话,对人很是谦恭。既然是传达,当然也出入我的住室,见到了我的用具和陈设。此人造反以后,态度大变,常常对着我们住的台阶,大吐其痰。不过当时这是司空见惯的现象,是时代的自然点缀,我也不以为意,我个人是同他没有恩怨的。

冬季,我到了干校,属于牛鬼蛇神。这个姓钱的,作为“革命群众”,不久也到干校去了。有一天,他指挥着我们几个人,在院里弄煤,态度非常专横霸道。忽然,有一个同伴对他说:

“钱某某,你是什么人?你原是劝业场二楼的一个古董商,专门坑害人,隐瞒身份,混入机关。你和我们一样是牛鬼蛇神,不要在那里指手画脚的了,快脱了大衣,和我们一起干活!”

当时,我真为这位“棚友”捏一把汗。谁知这个姓钱的,听了以后,脸色惨白,立刻一转身.灰溜溜地钻进屋子里去了,以后再也不来领导我们。他虽然并没有从此就划入我们这个阶层,同我们去住一个棚子,但这件事,颇使我们扬眉吐气于一时,很觉得开心。

后来我想,一个古董商人,解放以后,变成了传达,内心对共产党当然是仇恨的, 也就无怪对进城干部是这样的态度了。他向上级谎报我家有多少古董,也就是自然可信的了。

过了几年,书籍和瓷器都发还了。书籍丢失了一些,并有几部被人评为"珍贵",劝我"捐献国家"。瓷器却一件没丢,也没人劝我捐献,可见都是不入流品,也不惹人喜爱的。

我把这些瓶瓶罐罐,堆放在屋子的一个角落里。一年夏天,忽然在一个破花瓶里,发现了一只死耗子,颇使人恶心。我把耗子倒出来,把花瓶送给了帮我做饭的妇女。

这两个瓷缸,我用它腌上了鸡蛋,放在厨房里。烟熏火燎,满是尘土油垢,面目皆非了。

时间过得真快, 又过了几年。国家实行开放政策,与外国通商来往,旧瓷器旧文物,都大涨其价,尤其是日本人敢掏大价钱。那位妇女,消息灵通,把那只花瓶送到委托店论价,竟给十五元。还说,如果不是把人头磨损了一些,可以卖到二十元。她喜出望外,更有惜售之心,又抱回

家去了,并好意地来通知我说:

“大叔,你那两个缸子,不要用它腌鸡蛋了,多么可惜呀,这可能是古董。我给你刷刷,拿到委托店去卖了吧。”

我未加可否。但也觉得,值此旧瓷器短缺之时,派以如此用场,也未免太委屈它们了。今日无事,把鸡蛋倒到别的罐子里,用温水把它们洗了洗,陈于几案。瓷缸容光焕发,花鸟像活了一样。使我不由得有一种感慨,就像从风尘里,识拔了稀世奇材,顿然把它们安置在庙堂之上了。看了看缸底,还有朱红双行款:大清光绪年制。

还查了一本有关瓷器的书,这种形制的东西,好像叫做鸡缸。

这不是古董是什么!对着它们欣赏之余,因有韵文之作,其辞曰:

绘者覃精,制者兢兢,煅炼成器,希延年用。瓦全玉碎,天道难凭。未委泥沙,已成古董。茫茫一生,与瓷器同。

一九八一年十一月二十四日

女相士

六六年秋冬之交,我被集中到机关五楼平台上一间屋子里"学习"。那时"四人帮"白色恐怖,空袭而来,我像突然掉在深渊里,心里大惑不解,所以对一块学习的是些什么人,也很少注意。被集中来的人,逐日增加,新来的总要先在班上做一些检讨,造反头头,也要对他作例行的审问。

有一天,又在审问一个新来的人:

"你自己说,你是什么阶级?"

"我是自由职业者。"答话的听来是个女人。我是没有心情去观望人家的,只是低着头。

大概过了一段时间,"反动"阶级成分都要自动提高一级。头头又追问这个女人,她忽然说:

"我是反动文人。和孙芸夫一样!"

我不由自主地抬起头来,看看到底是谁这么慷慨地把我引为同类。这是一位五十多岁的女人,身材修整,脸面秀气,年轻时一定是很漂亮的。她戴着银丝边眼镜,她的眼睛,也在注视着我,很有些异样,使我感到:她这种看人的方法,和眼睛里流露的光亮,有一点巫气或妖气。

后来,我渐渐知道,这个女人叫杨秀玉,湖南长沙市人,是机关托儿所的会计。解放前是个有名的相士,曾以相面所得,在长沙市自盖洋楼两座。这样的职业和这样的财产,当然也就很有资格来进这个学习班了。

冬季，我们被送到干校去，先是打草帘，后是修缮一间车棚，作为宿舍。然后是为市里一个屠宰场，代养二百头牛，牛就养在我们住室前的场地里。我们每天戴着星星起来，给牲口添草料，扫除粪尿，夜晚星星出来了，再回到屋里去。中间，我曾调到铡草棚工作，等到食堂买了大批白菜，我又被派到菜窖去了。

派我在菜窖工作，显然是有人动了怜悯之心，对我的照顾。因为在这里面，可避风雪，工作量也轻省得多。我们每天一垛垛地倒放着白菜，抱出去使它通风，有时就检选烂菜叶子。一同工作的是两位女同志，其中就有杨秀玉。

说实在的，在那种日子里，我是遑遑不可终日的，一点点生的情趣也没有，只想到一个死字，但又一直下不得手。例如在铡草棚子里，我每天要用一把锋利的镰刀，割断不少根捆草的粗绳。我时常掂量着这把镰刀想：如果不是割断草绳，而是割断我的脖颈，岂不是一切烦恼痛苦，就可以迎刃而解了吗？但我终于没有能这样去做。

在菜窖里工作，也比较安全。所谓安全，就是可以避免革命群众和当地农场的工人、儿童对我们的侮辱，恫吓，或投掷砖头。因为我们每个人的“罪名”、“身份”，过去的级别、薪金数目，造反者已经早给公布于众了。

在菜窖里，算是找到了一个避风港，可以暂时喘喘气了。

我和杨秀玉，渐渐熟识起来。我认为此人也不坏，她的职业，说起来是骗人的，但来找的人，究系自愿。较之那些傍虎吃食，在别人的身家性命之上，谋图一点私利的人，还算高尚一些吧！有时就跟她说个话儿，另一位女同志，是过去的同事，但因为她现在是菜窖负责人，对她说话就要小心一些。因此，总是在这位同志出窖以后，我们才能畅谈。我那时已经无聊到虚无幻灭的地步，但又有时想排遣一下绝望的念头，我请这位女相士，谈谈她的生活和经历。

她说，这是她家祖传，父亲早死，她年幼未得传授，母亲给她请了一位师父，年老昏庸。不久就抗战了，她随母亲、舅舅逃到了衡阳。那时她才十三岁，母亲急于挣钱，叫她到街上去吆喝着找生意，她不愿意去。她恳求母亲，给她一元钱，在一家旅馆里，租了一间房，门口贴了一张条子。整整一个上午，没有一个顾客，她忍着饥饿，焦急地躺在旅馆的床上。到了下午，忽然进来了一个人，相了一面，给了她三元大洋。从此就出了名。

然后到贵州，到桂林，到成都，每到一处，在报上登个广告，第二天就门庭若市，一面五元。那时兵荒马乱，多数人离乡背井，都想借占卜，问问个人平安，家人消息。她乘国难之机，大发其财。她十八岁的时候，已经积累很多金条了。

她说："在衡阳，我亏了没到街上去喝卖，那样会大减身价，起步不好，一辈子也成不了名。你们作家，不也是这样吗？"

我只好苦笑了起来。

我们的谈笑，被那位女同志听到了，竟引起她的不满。夜晚回到宿舍，她问杨秀玉：

"你和孙某，在菜窖里谈什么？"

"谈些闲话。"杨秀玉答。

"谈闲话？为什么我一进去，你们就不谈了！有什么背人的事？我看你和他，关系不正常！"

两个人吵了起来，并传了出去，使得革命群众又察觉到了一件"反动"阶级的新动向，好在那时主要是注意政治动向，因此也就没有深究，也许是不大相信，会有那种事情吧。像我们这些人，平白无故遭到这种奇异事变，不死去已经算是忍辱苟活，精神和生活的摧残，女的必然断了经，男的也一定失去了性。虽有妙龄少女，横陈于前，尚不能勃然兴起，况与半百老妇，效桑间陌上之乐、谈情说爱于阴暗潮湿之菜窖中乎。不可能也。

有一天,又剩了我们两个人。我实在烦闷极了,说:

“杨秀玉,你给我相个面好吗?”

“好。”她过去把菜窖的草帘子揭开说,“你站到这里来!”

在从外面透进来的一线阳光里,她认真地端详着我的面孔,好像从来没有见过我似的。

“你的眉和眼距离太近,这主忧伤!”她说。

“是,”我说,“我有幽忧之疾。”

“你的声音好。”杨秀玉说,“有流水之音,这主女孩子多,而且聪明。”

“对,我有一男三女。”我回答,“女孩子功课比男孩子好。”

“你眼上的白圈,实在不好。”她叹了一口气,“我和你第一次见面,就注意到了。这叫破相。长了这个,如果你当时没死,一定有亲人亡故了。”

“是这样。我母亲就在那一年去世了,我也得了一场大病。”我说,“不过这都是过去的事,无关紧要了。大相士,你相相我目前的生死存亡大关吧。我们的情况,会有好转吗?”

“四月份。”她满有信心地说,“四月份会有好消息。”

正在这时,听到了那一位女同志的脚步声,她赶紧向我示意,我们就又都站到白菜垛跟前工作去了。

真的,到了夏季,我们的境遇就逐渐好起来,虽然前途仍在未卜之数,八月份我也算是得到了“解放”,回到家里来了。

芸斋主人曰:杨氏之术,何其神也!其日常亦有所调查研究乎?于时事现状,亦有所推测判断乎?盖善于积累见闻,理论联系实际者矣!“四人帮”灭绝人性,使忠诚善良者,陷入水深火热之中,对生活前途,丧失信念;使宵小不逞之徒,天良绝灭,邪念丛生。十年动乱,较之八年抗战,人心之浮动不安,彷徨无主,为更甚矣。惜未允许其张榜坐堂,以售其技。不然所得相金,何止盖两座洋楼哉!

一九八一年十一月二十六日晚

高跷能手

干校的组织系统,我不太详细知道。具体到我们这个棚子,则上有“群众专政室”,由一个造反组织的小头头负责。有棚长,也属于牛鬼蛇神,但是被造反组织谅解和信任的人。一任此职,离“解放”也就不远了。日常是率领全棚人劳动,有的分菜时掌勺,视亲近疏远,上下其手。

棚是由一个柴草棚和车棚改造的,里面放了三排铺板,共住三十多个人。每人的铺位一尺有余,翻身是困难的。好在是冬天,大家挤着暖和一些。

我睡在一个角落里,一边是机关的民校教师,据说出身是“大海盗”;另一边是一个老头,是刻字工人。因为字模刻得好,后来自己开了一个小作坊,因此现在成了“资本家”。

他姓李名槐,会刻字模,却不大会写字。有一次签字画押,竟把槐字的木旁丢掉,因此,人们又叫他李鬼。

他既是工人出身,造反的工人们,对他还是有个情面的。但因为他又是由工人变成的“资本家”,为了教育工人阶级,对他进行的批判,次数也最多。

每次批判,他总是重复那几句话:

“开了一年作坊,雇了一个徒弟,赚了三百元钱,就解放了。这就是罪,这就是罪……”

大家也都听烦了。但不久,又有人揭发他到过日本,见过天皇。

这问题就严重了,里通外国。

他有多年的心脏病，不久就病倒了，不能起床。最初，棚长还强制他起来，后来也就任他一个人躺着去了。

夜晚，牛棚里有两个一百度的无罩大灯泡，通宵不灭；两只大洋铁桶，放在门口处，大家你来我往，撒尿声也是通宵不断。本来可以叫人们到棚外小便去，并不是怕你感冒，而是担心你逃走。每夜，总有几个“牛鬼蛇神”，坐在被窝口上看小说，不睡觉，那也是奉命值夜的。这些人都和造反者接近，也可以说是“改造”得比较好的。

李槐有病，夜里总是翻身、坐起，哼咳叹气，我劳动一天，疲劳得很，不得安睡，只好掉头到里面，顶着墙睡去。而墙上正好又有一个洞，对着我的头顶，不断地往里吹风。我只好团了一个空烟盒，把它塞住。

李槐总是安静不下来。他坐起来，乱摸他身下铺的稻草，这很使我恐怖。我听老人说过，人之将死，总是要摸炕席和衣边的。

“你觉得怎样，心里难过吗？”我爬起来，小声问他。

他不说话，忽然举起一根草棍，在我眼前一晃，说：

“你说这是什么草？”

他这种举动，真正吓得我出了一身冷汗。

第二天，我也病了，发高烧。经医生验实，棚长允许我休息一天，还交代给我一个任务：照顾李槐。

这一天，天气很好，没有风。阳光从南窗照进来，落到靠南墙的那一排铺上。虽然照射不到我们这一排，看一看也是很舒服的。我给李槐倒了一杯水，放在他的头前。我说：

“人们都去劳动了，屋里就是我们两个。你给我说说，你是哪一年到日本去的？”

“就是日本人占着天津那些年。”李槐慢慢坐了起来，“这并不是什么秘密，过去我常和人们念叨。我从小好踩高跷，学徒的时候，天津春节有花会，我那时年轻，好耍把，很出了点名。日本天皇过生日，要调花会去献艺，就把我找去了。”

“你看见天皇了吗？”

“看见了。不过离得很远，天皇穿的是黑衣服，天皇还赏给我们每人一身新衣服。”

他说着兴奋起来，眼睛也睁开了。

“我们扮的是水漫金山，我演老渔翁。是和扮青蛇的那个小媳妇耍，我一个跟斗……”

他说着就往铺下面爬。我忙说：

“你干什么？你的病好了吗？”

“没关系。”他说着下到地上，两排铺板之间，有一尺多宽，只容一个人走路，他站在那里拿好了一个姿势。他说：

“我在青蛇面前，一个跟斗过去，踩着三尺高跷呀，再翻过来，随手抱起一条大鲤鱼，干净利索，面不改色，日本人一片喝彩声！”

他在那里直直站着，圆睁着两只眼睛，望着前面。眼睛里放射出一种奇异多彩的光芒，光芒里饱含青春、热情、得意和自负，充满荣誉之感。

我怕他真的要翻跟斗，赶紧把他扶到铺上去。过了不多两天，他就死去了。

芸斋主人曰：当时所谓罪名，多夸张不实之词，兹不论。文化交流，当在和平共处两国平等互惠之时。国破家亡，远洋奔赴，献艺敌酋，乃可耻之行也。然此事在彼幼年之期，自亦可谅之。而李槐至死不悟，仍引以为光荣，盖老年胡涂人也。可为崇洋媚外者戒。及其重病垂危之时，偶一念及艺事，竟如此奋发蹈厉，至不顾身命，岂其好艺之心至死未衰耶。

一九八一年十一月二十八日上午

言　戒

我的为人，朋友们都说是谨小慎微，不苟言笑的。现在还有人这样评价，其实是对我不太了解之故。我说话很不慎重，常常因为语言细故得罪于人，有一次，并从中召来大祸，几乎断送性命。如果不趁我尚能写作之时，把它写出来，以为后世之戒，并借此改变别人对我的一知半解的印象，那将是后悔莫及的了。

我在四十年代之末，进入这个码头城市。我是在山野农村长大的，对此很不习惯，不久就病了。在家养病，很少出门，也很少接触人。除去文字之过，言过本来可以很少。人之为物，你在哪一方面犯错误少，就越容易在哪一方面犯大错误。

有一天，时值严冬，我忽然想洗个澡，我穿上一件从来不大穿的皮大衣，戴了一顶皮帽，到街上去。因为有病，我不愿到营业的澡堂去洗，就走到我服务的机关大楼里去了。正是晚上，有一个中年人在传达室值班。他穿一身灰布旧棉衣，这种棉衣，原是我们进城时发的，我也有一套，但因为近年我有些稿费，薪金也多了，不能免俗，就改制了现在的服装。

他对着传达室的小窗户，悠然地抽着旱烟，打量着我。他好像认识我，我却实在不认识他。

“同志，今天有热水吗？”我问。

“没有。”他回答得很冷淡，但眼睛里却有一种带有嘲笑的热意。

我刚要转身走去，他却大声说：

“听说你们写了稿子，在报上登了有钱，出了书还有钱？”

“是的。”我说。

“改成戏有钱，改成电影还有钱？”

“是的。”我又回答。我不明白他是什么意思，我简单地以为他是爱好羡慕这一行。这样的人在当时是常遇到的。我冲口就说了一句：“你也写吧。”

这四个字，使得同我对话者，突然色变，一句话也不说了。我自己也感到失言，赶快从那里走出来。在路上，我想，他会以为我是挖苦他吧，他可能不会写文章吧。但又一想，现在不是有人提倡工农兵写作吗，不是有人一个字不认识，也可以每天写多少首诗，还能写长篇小说吗？他要这样想就好了，我就不会得罪他了。

一转眼，就到了一九六六年。最初，我常看到这个人到我们院里来，宣传“革命”。不久，我被揪到机关学习，一进大门，就看到他正在张贴一幅从房顶一直拖到地下的，斗大墨笔字大标语，上面写着：

“老爷太太们，少爷少奶奶们，把你们手里的金银财宝，首饰金条，都献出来吧！”

那时我还不知道造反头头一说，但就在这天晚上，要开批斗大会。他是这个会的组织者和领导者。

先把我们关在三楼一间会议室里，这叫“候审”。我们垂头丧气地坐在那里，等候不可知的命运。我因为应付今天晚上的灾难，穿着一身破烂不堪的棉衣。

他推门进来了。我抬头一望，简直认不出来了。他头戴水獭皮帽，身穿呢面貂皮大衣，都是崭新的；他像舞台上出将一样的站在门口，一手握着门把，威风凛凛地盯了我一眼，露出了一丝微笑。我自觉现在是不能和这些新贵对视的，赶紧低下头。他仍在望着我，我想他是在打量我这一身狼狈不堪的服装吧。

“出来！”他对着我喊，“你站排头！”

我们鱼贯地走出来，在楼道里排队，我是排头，这是内定了的。别的“牛鬼蛇神”，还在你推我让，表示谦虚，不争名次，结果又被大喝一声，才站好了。

然后是一个“牛鬼蛇神”，配备上两个红卫兵，把胳膊挟持住，就像舞台上行刑一样，推搡着跑步进入了会场。然后是百般凌辱。

我认为这是奇耻大辱。当天夜里，触电自杀，未遂。

就在这么一位造反头头的势力范围里，我在机关劳动了半年。后来把我送到干校，我以为可以离开这个人了，结果他也跟去了，是那里的革委会主任。在干校一年多，我的灾难，可想而知，不再赘述了。

干校结束，我也就临近“解放”了。回到机关，参加了接收新党员的大会。会场就在批斗我们的那个礼堂。这个人也是这次突击入党的，他站在台上，表情好像有点忸怩。听说，他是一个农民。原在农村入过党，后来犯了什么错误，被开除了，才跟着哥哥进城来，找了个职业。现在因为造反有功，重新入党。这天，他没有穿那件崭新的皮大衣，听说那是经济主义的产物，不好再穿了。

芸斋主人曰：金人三缄之戒，余幼年即读而识之矣。况“你也写”云云，乃风马牛无影响之言，即有所怀恨，如不遇“四人帮”之煽动，可望消除于无形，不必遭此荼毒也。

其不平之气，不在语言，而在生活之差异矣！故彼得志报复之时，必先华衮而斧钺也。古时，西哲有乌托邦之理想，中圣有井田之制定，惜皆不能实行，或不能久行。因不均固引起不断之纷争，而绝对平均，则必使天下大乱也。此理屡屡为历史证明，惜后世英豪，明知而仍履其覆辙也。小民倒霉矣！

一九八一年十二月二十九日晨起改讫

三　马

一九六六年冬天，情形越来越不好，每天我很晚“开会”回来，老伴一个人坐在灯下等我，先安排着我吃了饭，看到我那茶饭无心，非常颓丧的样子，总是想安慰安慰我，但又害怕说错了话，惹我生气，就吞吞吐吐地说：

“你得想开一点呀，这不也是运动吗，你经过的运动还少吗？总会过去的。你没见土改吗，当时也闹得很凶，我不是也过来了吗？”

我一向称赞她是个乐天派。闹日本的时候，一天敌人进了村，全村的人都逃出去了。她正在坐月子，走动不了。

一个日本兵进了她的屋，她横下一条心，死死盯着他。可是日本兵转身又走了。事后她笑着对我说："日本人很讲卫生吧，他大概是闻不了我那屋里的气味吧！"我家是富农，她经历了老区的土改，当时拆房、牵牛，她走出走进都不在乎，还对正在拆房的人说："你慢点扔砖呀，等我过去，可别砸着我。"到搬她的嫁妆时才哭了。我说：

"那时，虽然做得也有些过分，但确是一场革命。我在外面工作，虽然也受一点影响，究竟还是革命干部呀。"

"现在，你就不是革命干部了吗？"她问。

"我看很悬了，我不知道他们要干什么。这回好像是要算总账，目标就是老干部和有文化的人。他们把我们看成是最危险的敌人了。走到哪里，都有人在跟踪我，监视我。你们在家里说话，也要小心，我怕有人也在监视你们。地下室可能有人在偷听。"

"你不要疑神疑鬼吧，哪能有那种事呢？"老伴完全不相信，而且有些怪我多疑了。

"你快去睡觉吧，"我有些不愿再和她谈了，"你看着吧，他们要把老干部全部逼疯、逼死！这个地方的人，不是咱老家的农民，这地方是个码头，什么样的人都有的，什么事也干得出来。"

老伴半懂不懂地叹了口气,到里间睡觉去了。

随着不断地抄家,随着周围的人,对她的歧视,随着她出门买粮、买菜受到的打击,随着我的处境越来越坏,随着不断听说有人自杀,她也觉得有些不对头了。她是一个病人,患糖尿病已经近十年,遇上这种事,我知道,她也活不长了。

那些所谓"造反"者,还在不断逼迫,一步紧似一步。一天下午,我正在大楼扫地,来了一个人,通知我几天以内搬家。我回到家来,才知道是勒令马上搬家。家里已经乱作一团,晚饭也没吃。除一名造反者监临外,还派来几名"牛鬼蛇神""帮忙"。本来就够逼命的了,老伴又出了一件岔子,她因为怕又来抄家,把一些日用的钱,藏在了破烂堆里,小女儿不知道,把这堆破烂倒出去了,好容易才找回来。胡乱搬了一些家具、衣物,装满一卡车,到了新住处,已经有十一点。

那是一小间南房,我们进去,有人正在把和西邻的隔山墙,打开一个大洞。并且,还没有等我们把东西安置一下,就把屋顶上的唯一的小灯泡摘走了,我们来时慌慌张张,并没有带灯泡来。

老伴这才伤心了,她在我耳边问:

“人家为什么要在墙上凿个洞呢？”

“那是要监视我，不然，你还不相信呢。”我说。

把原来三间房子的东西，堆在一小间里，当然放不开。院里也就堆放了一些，任人偷窃践踏。

这里住户虽说不少，没人愿意理我们，也不敢理。唯独东邻一个十六七岁的男孩，主动地对老伴说：

“大娘，你刚刚搬来，缺什么短什么，就和我说吧！”

使得老伴感激落泪。

后来，我知道，这个孩子的父亲，原来也是我们机关的职工，因为在日本人办的报馆做过事，被定为日本人的特务。这次运动又提起来了，已经不许回家。他有三个儿子，大的叫大马，二的叫二马，都因为父亲的问题，到了年龄，找不到对象，进了精神病院。这个老三，叫做三马，看起来，聪明伶俐，一个人在家里过日子，屋里院里弄得井井有条。我的老伴有病，我又每天早出晚归，他确实帮过不少忙。

在很长一个时期，我甚至认为他是唯一对我家没有敌意并怀有同情之心的人了。

后来，我也被管制在大院后楼，不许回家，和他父亲住在一处。这个人因为是老问题，造反者的里面，又有不少人，是他过去的同事，对他并不注意，而且很宽容，并派他监视我们。他的床铺放在临门的地方，每逢我出去，他总是慢慢跟在后面，从容不迫，意在笔先，驾轻就熟，若无其事。比起那些初学乍练的来，显得高明老练得多了。他也从不用言词和行动伤害于我，只是于无形无声中，表示是受人之命，不得不如此而已。因此，我对他也没有反感。

当我临近"解放"，我的老伴就在附近医院去世了。我请了两位老朋友，帮着草草办了丧事，没有掉一滴眼泪。虽然她跟着我，过了整整四十年，可以说是恩爱夫妻，并一同经历了千辛万苦。

不久，我搬回了原来住的地方，告别了那间小屋。有一天，忽然听人说，三马因为两个哥哥回来了，不愿和两个疯人住在一起，自己偷偷住进了我留下的那一小间空房。被管房的知道了，带一群人硬逼他出来，他恳求了半天，还是不行，又挨了打，就从口袋里掏出一瓶敌敌畏，当场喝下去死掉了。听到这个消息，我的干枯已久的眼眶，突然充满了泪水。

芸斋主人曰：鲁迅先生有言，真正的勇士，能面对惨淡的人生，正视淋漓的鲜血。余可谓过来人矣，然绝非勇士，乃懦夫之苟且偷生耳。然终于得见国家拨乱反正，"四人帮”之受审于万民。痛定思痛，乃悼亡者。终以彼等死于暗无天日，未得共享政治清明之福为恨事，此所以于昏眊之年，仍有芸斋小说之作也。

一九八二年一月二日晨起改讫

报纸的故事

一九三五年的春季,我失业家居。在外面读书看报惯了,忽然想订一份报纸看看。这在当时确实近于一种幻想,因为我的村庄,非常小又非常偏僻,文化教育也很落后。例如村里虽然有一所小学校,历来就没有想到订一份报纸。村公所就更谈不上了。而且,我想要订的还不是一种小报,是想要订一份大报,当时有名的《大公报》。这种报纸,我们的县城,是否有人订阅,我不敢断言,但我敢说,我们这个区,即子文镇上是没人订阅过的。

我在北京住过,在保定学习过,都是看的《大公报》。现在我失业了,住在一个小村庄,我还想看这份报纸。我认为这是一份严肃的报纸,是一些有学问的,有事业心的,有责任感的人,编辑的报纸。至于当时也是北方出版的报纸,例如《益世报》、《庸报》,都是不学无术的失意政客们办的,我是不屑一顾的。

我认为《大公报》上的文章好,它的社论是有名的,我在中学时,老师经常选来给我们当课文讲。通讯也好,有长江等人写的地方通讯,还有赵望云的风俗画。最吸引我的还是它的副刊,它有一个文艺副刊,是沈从文编辑的,经常登载青年作家的小说和散文。还有小公园,还有艺术副刊。

说实在的,我是想在失业之时,给《大公报》投投稿,而投了稿子去,又看不到报纸,这是使人苦恼的。因此,我异想天开地想订一份《大公报》。

我首先,把这个意图和我结婚不久的妻子说了说。以下是我们的对话实录:

"我想订份报纸。"

"订那个干什么?"

"我在家里闲着很闷,想看看报。"

"你去订吧。"

"我没有钱。"

"要多少钱?"

"订一月,要三块钱。"

"啊!"

"你能不能借给我三块钱?"

“你花钱应该向咱爹去要,我哪里来的钱?”

谈话就这样中断了。这很难说是愉快，还是不愉快，但是我不能再往下说了。因为我的自尊心,确实受了一点损伤。是啊,我失业在家里呆着,这证明书就是已经白念了。白念了,就安心在家里种地过日子吧,还要订报。特别是最后这一句:“我哪里来的钱?”这对于作为男子汉大丈夫的我,确实是千钧之重的责难之词!

其实,我知道她还是有些钱的,作个最保守的估计,她可能有十五元钱。当然她这十五元钱，也是来之不易的。是在我们结婚的大喜之日,她的“拜钱”。每个长辈,赏给她一元钱,或者几毛钱,她都要拜三拜,叩三叩。你计算一下,十五元钱,她一共要起来跪下,跪下起来多少次啊。

她把这些钱,包在一个红布小包里,放在立柜顶上的陪嫁大箱里,箱子落了锁。每年春节闲暇的时候,她就取出来,在手里数一数,然后再包好放进去。

在妻子面前碰了钉子,我只好硬着头皮去向父亲要,父亲沉吟了一下说:

“订一份《小实报》不行吗?”

我对书籍、报章,欣赏的起点很高,向来是取法乎上的。《小实报》是北平出版的一种低级市民小报,属于我不屑一顾之类。我没有说话,就退出来了。

父亲还是爱子心切,晚上看见我,就说:

“愿意订就订一个月看看吧,集晌多粜一斗麦子也就是了。长了可订不起。”

在镇上集日那天,父亲给了我三块钱,我转手交给邮政代办所,汇到天津去。同时还寄去两篇稿子。我原以为报纸也像取信一样,要走三里路来自取的,过了不久,居然有一个专人,骑着自行车来给我送报了,这三块钱花得真是气派。他每隔三天,就骑着车子,从县城来到这个小村,然后又通过弯弯曲曲的,两旁都是黄土围墙的小胡同,送到我家那个堆满柴草农具的小院,把报纸交到我的手里。上下打量我两眼,就转身骑上车走了。

我坐在柴草上,读着报纸。先读社论,然后是通讯、地方版、国际版、副刊,甚至广告、行情,都一字不漏地读过以后,才珍重地把报纸叠好,放到屋里去。

我的妻子,好像是因为没有借给我钱,有些过意不去,对于报纸一事,从来也不闻不问。只有一次,带着略有嘲弄的神情,问道:

“有了吗?”

“有了什么?”

“你写的那个。”

“还没有。”我说。其实我知道，她从心里是断定不会有的。

直到一个月的报纸看完，我的稿子也没有登出来，证实了她的想法。

这一年夏天雨水大，我们住的屋子，结婚时裱糊过的顶棚、壁纸，都脱落了。别人家，都是到集上去买旧报纸，重新糊一下。那时日本侵略中国，无微不至，他们的旧报，如《朝日新闻》、《读卖新闻》，都倾销到这偏僻的乡村来了。妻子和我商议，我们是不是也把屋子糊一下，就用我那些报纸，她说：

“你已经看过好多遍了，老看还有什么意思？这样我们就可以省下块数来钱，你订报的钱，也算没有白花。”

我听她讲得很有道理，我们就开始裱糊房屋了，因为这是我们的幸福的窝巢呀。妻刷糨糊我糊墙。我把报纸按日期排列起来，把有社论和副刊的一面，糊在外面，把广告部分糊在顶棚上。

这样，在天气晴朗，或是下雨刮风不能出门的日子里，我就可以脱去鞋子，上到炕上，或仰或卧，或立或坐，重新阅读我所喜爱的文章了。

一九八二年二月九日

亡人逸事

一

旧式婚姻,过去叫做“天作之合”,是非常偶然的。据亡妻言,她十九岁那年,夏季一个下雨天,她父亲在临街的梢门洞里闲坐,从东面来了两个妇女,是说媒为业的,被雨淋湿了衣服。她父亲认识其中的一个,就让她们到梢门下避避雨再走,随便问道:

“给谁家说亲去来?”

“东头崔家。”

“给哪村说的?”

“东辽城。崔家的姑娘不大般配,恐怕成不了。”

“男方是怎么个人家?”

媒人简单介绍了一下,就笑着问:

“你家二姑娘怎样？不愿意寻吧？”

“怎么不愿意。你们就去给说说吧，我也打听打听。”她父亲回答得很爽快。

就这样，经过媒人来回跑了几趟，亲事竟然说成了。结婚以后，她跟我学认字，我们的洞房喜联横批，就是“天作之合”四个字。她点头笑着说：

“真不假，什么事都是天定的。假如不是下雨，我就到不了你家里来！”

二

虽然是封建婚姻，第一次见面却是在结婚之前。定婚后，她们村里唱大戏，我正好放假在家里。她们村有我的一个远房姑姑，特意来叫我去看戏，说是可以相相媳妇。开戏的那天，我去了，姑姑在戏台下等我。她拉着我的手，走到一条长板凳跟前。板凳上，并排站着三个大姑娘，都穿得花枝招展，留着大辫子。姑姑叫着我的名字，说：

“你就在这里看吧，散了戏，我来叫你家去吃饭。”

姑姑的话还没有说完，我看见站在板凳中间的那个姑娘,用力盯了我一眼,从板凳上跳下来,走到照棚外面,钻进了一辆轿车。那时姑娘们出来看戏,虽在本村,也是套车送到台下,然后再搬着带来的板凳,到照棚下面看戏的。

结婚以后,姑姑总是拿这件事和她开玩笑,她也总是说姑姑会出坏道儿。

她礼教观念很重。结婚已经好多年,有一次我路过她家,想叫她跟我一同回家去。她严肃地说:

"你明天叫车来接我吧,我不能这样跟着你走。"我只好一个人走了。

三

她在娘家,因为是小闺女,娇惯一些,从小只会做些针线活;没有下场下地劳动过。到了我们家,我母亲好下地劳动,尤其好打早起,麦秋两季,听见鸡叫,就叫起她来做饭。又没个钟表,有时饭做熟了,天还不亮。她颇以为苦。回到娘家,曾向她父亲哭诉。她父亲问:

"婆婆叫你早起,她也起来吗?"

“她比我起得更早。还说心疼我，让我多睡了会儿哩！”

“那你还哭什么呢？”

我母亲知道她没有力气，常对她说：

“人的力气是使出来的，要伸懒筋。”

有一天，母亲带她到场院去摘北瓜，摘了满满一大筐。母亲问她：

“试试，看你背得动吗？”

她弯下腰，挎好筐系猛一立，因为北瓜太重，把她弄了个后仰，沾了满身土，北瓜也滚了满地。她站起来哭了。母亲倒笑了，自己把北瓜一个个捡起来，背到家里去了。

我们那村庄，自古以来兴织布，她不会。后来孩子多了，穿衣困难，她就下决心学。从纺线到织布，都学会了。我从外面回来，看到她两个大拇指，都因为推机杼，顶得变了形，又粗、又短，指甲也短了。

后来，因为闹日本，家境越来越不好，我又不在家，她带着孩子们下场下地。到了集日，自己去卖线卖布。有时和大女儿轮换着背上二斗高粱，走三里路，到集上去粜卖。从来没有对我叫过苦。

几个孩子，也都是她在战争的年月里，一手拉扯成人长大的。农村少医药，我们十二岁的长子，竟以盲肠炎不

治死亡。每逢孩子发烧,她总是整夜抱着,来回在炕上走。在她生前,我曾对孩子们说:

“我对你们,没负什么责任。母亲把你们弄大,可不容易,你们应该记着。”

四

一位老朋友、老邻居,近几年来,屡次建议我写写“大嫂”。因为他觉得她待我太好,帮助太大了。老朋友说:

“她在生活上,对你的照顾,自不待言。在文字工作上的帮助,我看也不小。可以看出,你曾多次借用她的形象,写进你的小说。至于语言,你自己承认,她是你的第二源泉。当然,她瞑目之时,冰连地结,人事皆非,言念必不及此,别人也不会作此要求。但目前情况不同,文章一事,除重大题材外,也允许记些私事。你年事已高,如果仓促有所不讳,你不觉得是个遗憾吗?”

我唯唯,但一直拖延着没有写。这是因为,虽然我们结婚很早,但正像古人常说的:相聚之日少,分离之日多;欢乐之时少,相对愁叹之时多耳。我们的青春,在战争年代中抛掷了。以后,家庭及我,又多遭变故,直至最后她的死亡。我衰年多病,实在不愿再去回顾这些。但目前也出现一些异象:过去,青春两地,一别数年,求一梦而不可得。今老年孤处,四壁生寒,却几乎每晚梦见她,想摆脱也做不到。按照迷信的说法,这可能是地下相会之期,已经不远了。因此,选择一些不太使人感伤的断片,记述如上。已散见于其他文字中者,不再重复。就是这样的文字,我也写不下去了。

我们结婚四十年,我有许多事情,对不起她,可以说她没有一件事情是对不起我的。在夫妻的情分上,我做得很差。正因为如此,她对我们之间的恩爱,记忆很深。我在北平当小职员时,曾经买过两丈花布,直接寄至她家。临终之前,她还向我提起这一件小事,问道:

"你那时为什么把布寄到我娘家去啊?"

我说:

"为的是叫你做衣服方便呀!"

她闭上眼睛,久病的脸上,展现了一丝幸福的笑容。

一九八二年二月十二日晚

“古城会”

一九三八年初冬,敌人相继占领了冀中大部县城。我所在的抗战学院,决定分散。在这个时候,学院的总务科刘科长,忽然分配给我一辆新从敌占区买来的自行车。我一直没有一辆自行车,前二年借亲戚间的破车子骑,也被人家讨还了。得到一辆新车,心里自然很高兴,但在戎马倥偬、又多半是夜间活动的当儿,这玩意儿确实也是个累赘。再说质量也太次,骑上去,大梁像藤子棍做的,一颤一颤的。我还是收下了,虽然心里明白,这是刘科长在紧急关头,采取的人分散物资也分散的措施。

我带着一个剧团,各处活动了一阵子,就到了正在河间一带活动的冀中区总部。冀中抗联史立德主任接收了我们,跟着一百二十师行军。当天黄昏站队的时候,史主任指定我当自行车队的队长。当然,他的委任,并非因为我的德才资都高人一筹，而是因为我站在这一队人的前头，他临时看见了我。我虽然也算是受命于危难之时，但夜晚骑车的技术，实在不够格，经常栽跤，以致不断引起后面部属们的非议。说实在的，这个抗联属下的自行车中队，是一群乌合之众。他们都是些新参加的青年学生，他们顺应潮流，从娇生惯养的家里出来，原想以后有个比较好的出路。出来不多两天，就遇到了敌人的大进攻，大扫荡，他们思家心切，方寸已乱。这是我当时对我所率领的这支部队的基本估计，并非因为他们不服从或不尊重我的领导。

一百二十师，是来冀中和敌人周旋打仗的，当然不能长期拖着这个掉动不灵的尾巴，两天以后，冀中区党委，就下令疏散。我同老陈同志被指令南下，去一分区深县南部一带工作。

一天清早，我同老陈离开队伍往南走，初冬，田野里已经很荒凉，只有一堆堆的柴草垛。天晴得很好，远处的村庄上面，有一层薄薄的冬雾笼盖着，树林和草堆上，也都挂着一层薄薄的霜雪。路上没有一个行人，也遇不到一只野兔。四野像死去了一样沉寂，充满了无声的恐怖。我们一边走着，一边注视着前面的风吹草动，看有没有敌情。路过村庄，也很少见到人。狗吠叫着，有人从门缝中望望，就又转身走了。一路上都有惊魂动魄之感。

我和老陈,都是安平县人,路过安平境,谁也没想到回家去看看。天快黑的时候,我们到了深县境内。

“我们在哪里吃饭住宿呢?”一路上我同老陈计议着。

“我二兄弟国栋,听说在大陈村教武术,这里离大陈村不远了,要不我们去找找他吧!”老陈说。

老陈兄弟三人,他居长,自幼读书,毕业于天津第一师范,后在昌黎、庆云等处执教多年,今年回到家乡参加抗日,在抗战学院任音乐教官。

他的三弟,听说在南方国民党军队做事。他的二弟在家过日子,我曾见过,是个有些不幺不六的愣小伙子,常跟人打架斗殴,和老陈的温文尔雅的作风,完全不一样。

天很黑了,我们才到了这个村庄。这是个大村庄,我们顺南北大街往前走,没遇到一个人。我们也不敢高声喊问。走到路西一家大梢门前面,老陈张望了一下,说:

“我记得他就在这个院里,敲门问问吧!”

刚敲了两下门,就听得有几个人上了房,梢门上有像城墙垛口一样的建筑。

“什么人!”有人伸出头来问,同时听到拉枪栓的声音。

“我们找陈国栋,”老陈说,“我是他的大哥!”

听到房上的人嘀咕了几句，然后说：

“没有！”

紧接着就望天打了一枪。

我同老陈踉跄登上车子，弯腰往南逃跑，听到房上说：

“送送他们！”

接着就是一阵排枪，枪子从我们头上飞过去，不过打得比较高。我们骑到村南野外大道上，两旁都是荆子地，我倒在里面了。

我们只好连夜往深南赶，天明的时候，在一个村庄前面，见到了八路军的哨兵，才算找到了一分区。

在一家很好的宅院里，很暖和的炕头上，会见了一分区司令员和政委。并见到了深县县长张孟旭同志，张和老陈是同学，和我也熟。他交给我们一台收音机，叫我们每天收一些新闻，油印出来。

从此，我和老陈，就驮着这台收音机打游击，夜晚，就在老乡的土炕上，工作起来。

我好听京剧，有时抄新闻完了，老陈睡下，我还要关低声音，听唱一段京戏。老陈像是告诫我：

“不要听了，浪费电池。”

其实，那时还没有我们自己的电台，收到的，不过是国民党电台广播的消息,参考价值并不大。我还想,上级给我们这台收音机,不过是叫我们负责保管携带,并不一定是为了看新闻。

老陈是最认真负责,奉公守法的人。

抗战胜利,我又回到冀中,有一次我在家里,陈国栋来找我,带着满脸伤痕,说是村里有人打了他。我细看他的伤,都是爪痕,我问:

“你和妇女打架了吗?”

“不是。有仇人打了我。”他吞吞吐吐地说。

我判定他是自己造的伤,想借此和人家闹事。我劝他要和睦邻里,好好过日子,不要给他哥哥找麻烦。最后,我问他:

“那次在大陈村,你在房上吗?”

“在!”他斩钉截铁地说。

“在,你为什么不让我们进去?”

“黑灯瞎火,我知道你们是什么人?”

“你哥哥的声音,你也听不出来吗?”

“兵荒马乱,听不出来。”

“唉!”我苦笑了一下说,“你和我们演了一出古城会!”

一九八一年十一月四日上午

第一次当记者

一九三八年冬季，我和老陈，又在深县马庄隐蔽了一段时间，冀中区的形势越来越不佳。次年初，就奉命过平汉路西去工作了。

这是王林同志来，传达的黄敬同志的命令。在驻定县境内七地委那里，开了简单的组织介绍信。同行的有《冀中导报》的董逸峰，还有安平县的一个到边区受训的区干部。我那时并非党员，除了这封信外，王林又用当时七地委书记张雪峰的名义，给我写了一封私函，详细说明我在冀中区的工作情况，其中不乏赞扬器重之词。这本来是老王的一番朋友之情。但是我这个人很迂挚，我当时认为既是抗日工作，人人有份，何必作私人介绍？又没有盖章，是否合适？在路上，我把信扔了。不知道我在冀中工作，遇到的都是熟人，一切都有个看顾，自可不必介绍，而去阜平则是人地两生之处。果然，到了阜平，负责组织工作的刘仁同志，骑马来到我们的驻地，分别和我们谈了一次话。老陈很快就分配了。而我住在招待所，迟迟不得分配。每天饭后爬到山头上，东迎朝霞，西送落日，颇有些惆怅之感。后来还是冀中区过去了人，刘仁同志打听清楚，才把我分配到刚刚成立的晋察冀通讯社工作。

这还算万幸，后来才知道，当时有一批所谓“来路不明”的人，也被陆续送往边区。和我同来的那个区干部，姓安，在没分配之前，有一天就找到我说：“我和你们在路上说的话，可不能谈，我是个党员，你不是党员。”弄得我很纳闷，想了半天，也想不起在路上，他曾和我们说过什么不是党员应该说的话。我才后悔：千不该万不该把老王那封信撕掉。并从此，知道介绍信的重要性。还明白了，参加革命工作，并非像小说上说的，一进来，就大碗酒、大块肉，论套穿衣服，论秤分金银，还有组织审查这一道手续。

晋察冀通讯社设在阜平城南庄，主任是刘平同志。此人身材不高，仪表文雅，好抽烟斗，能写当时胡风体的文艺论文，据说刚从北平监狱放出不久。我分在通讯指导科，科长姓罗，是抗大毕业生，宁波人，青年学生。此人带有很大的洋场恶少成分，为人专横跋扈，记得一些革命和文艺的时髦名词,好给人戴大帽子。记得在边区记者协会成立时,我忘记说了一句什么话,他就说是周作人的理论。这种形左实右的人, 在那时还真遇到不少, 因为都是青年人。我置之不理。留下了非常不良的印象。他平时对我还算客气,这一是因为我年事较长,不与人争;二是因为我到社不久,就写了一本小册子,得到铅印,自己作品,封面上却写上集体创作,他以为我还算虚心,有可取之处。那时,因为伙食油水少,这位科长尤其嘴馋,我们在业余之暇,常到村外小河芦苇深处,掏些小沙鱼,回来用茶缸煮煮吃。(那里的老乡,不叫用他们的锅煮这些东西,甚至鸡也不让煮。他们还不许在他们的洗脸盆里用肥皂。他们说,闻不惯这些味道。这是事实。)每次掏鱼,他都是站在干岸上,很少下水,而且不断指手画脚,嘴里不三不四,使人生厌,兴趣索然。

我和他睡在老乡家一条乌黑发亮、没有炕席、枕头和褥子的土炕上。我好失眠,有时半夜里,在月光之下,看见他睁大两只眼睛,也没有安睡。后来我才知道,他正在和社里一位胖胖的女同志,偷着谈恋爱。那时候,虽然没有明文规定,但恋爱好像是很不体面的事。罗后来终于和这位女同志结了婚,并一同调到平北游击区去工作。那里很残酷，礼拜六，罗骑马去接妻子，在路途遇见敌人，中弹牺牲。才华未展，深为可惜。

就在到通讯社的这年冬季，我有雁北之行。边区每年冬季，都遭敌人“扫荡”。因此派一些同志，到各分区采访，一是工作，二是疏散。罗科长在我们早晨出操的农民场院里，传达了主任的指示。

同行者三人：我，还有董逸峰，是从冀中和我一同过路来的。此人好像被列入“来路不明”的那一类，后来竟不知下落。另一人姓夏。此人广东籍，小有才气，写过一些通讯，常常占去当时《晋察冀日报》的整个四版。我现在想，通讯文章之长，在开天辟地之时，就发生了。那时报纸虽不大，但因消息来源小，下面来稿也少，所以就纵容这些记者们，去写长篇通讯。随后，就形成了一种风气，一直持续抗战八年，衍及现代。这是题外的话。夏好像已是党员，社长虽未公布他是我们的负责人，但我忖度形势，他是比我们更被信任的。

出发时，已发棉装，系中式土布土染袄裤，短小而不可体。另有一山西毡帽，形似未打气的球皮，剪开一半，翻过即可护耳，为山地防寒佳品。腰间结一布带(很少有人能结皮带)。当时如摄影留念,今日观之,自是寒伧,在当时和农民比较,却又优越得多了。

从阜平去雁北,路很难走,我们走的又多是僻路,登山涉水,自是平常,有时还要从两山挟峙的罅缝中,相互推举牵拉,才能过去。详细沿途情形,现已记忆不清,走了几天,才到了雁北行署所在地。

当时的雁北地区,主要指应县、繁峙一带,我们活动的范围并不大,而敌人对此处,却很重视,屡次扫荡。行署主任是王斐然同志,王本是我在育德中学时的图书管理员,是接任安志诚先生的。我在学校时的印象,他好像是一九二七年大革命失败后,到学校任职的,整天穿一件不太干净的深蓝布大衫,走路有些蹒跚,给人一种有些潦倒的印象。他对校方有些不满,曾经和我谈过当时的一名被校长信任的会计,是"恨无媚骨,幸有长舌"的人物。在学校,他还曾送我一本不很流行的李守章的小说,名叫《跋涉》,使我长期记住这位昙花一现的作家的名字。

到了行署,王震的部队正在这一带活动,我同董逸峰跟随部队活动了一程子。在一次集合时,在山脚下遇到了两个小同乡:一个是东邻崔立国,他父亲是个商人;一个是同街道的孙建章,他父亲是个木匠。异地相逢,非常亲热,他们都是王震旅的战士。在山下,朔风呼啸,董逸峰把他穿的一件日本黄呢军大衣,脱下来叫我穿上,也使我一直感念不忘。此人南方人,白皙,戴眼镜,说话时紧闭嘴唇,像轻藐什么东西一样。能写些作品。

我跟随一个团活动。团政治主任,我忘记了他的姓名,每餐都把他饭盒里的菜,分一些给我吃。以后我到部队采访,经常遇到这种年轻好客的指挥人员。

敌人又进行扫荡,我回到行署,有些依赖思想,就跟随王斐然转移。有一天走到一个村庄,正安排着吃顿羊肉,羊肉没有熟,就从窗口望见进村的山头上,有了日本兵。我们放下碗筷,赶紧往后山上跑,下山后就是一条河,表面已经结了冰,王斐然穿着羊皮袍子,我穿着棉裤,趟了过去。过了河,半截身子都是水,随即结成了冰,哗哗地响着,行走很不便。我发起高烧,王斐然给找了担架。夜晚到了一处高山,把我放在一家没有人住的农舍外屋,王与地委书记等人开会,地委书记说要高度疏散,问他还带着什么人,他说有一名记者。地委书记说,记者为什么不到前方去?他说,他病了。

在反扫荡时,王有时虽也因为有这样一个学生拖累,给他增添不少麻烦,曾有烦言。但在紧急关头,还是照顾了我。不然，战争年代，在那样人地两生的荒凉之地，加上饥寒疾病，我一个人活动，很可能遇到危险的，甚至可能叫野狼吃掉。所以也一直对他感念不尽。

接近旧历年关时，我们这个被称做记者团的三个人，回到了通讯社。我只交了一篇文艺通讯稿，即《一天的工作》。夏一个人向领导作了汇报。刘平同志在开会时，委婉而严厉地，对我们的这次出差，表示了不满。

后来，我知道夏这个人，本身散漫，不守纪律，对别人却好造作谎言，取悦领导。全国解放以后，他曾以经济问题，受到制裁。

我有这样的经验，有的人在战争打响时，先叫别人到前方去；打了胜仗慰问时，他再到前方去。对于这样的记者或作家，虽是领导，我是不信服，也不想听从的。

我虽在幼年就梦想当一名记者，此次出师失败，证明我不适宜当记者，一是口讷，二是孤僻。所以后来就退而当编辑了。

一九八一年十一月六日改讫

新年杂忆

一

新的一年又来到了。不免回顾一下去年，尽做了哪些工作，有什么经验教训可以吸取。想了一想，也不过是写了一些短文。其中散文部分，多数是回忆自己的过去，这是不会得罪于人的。但又写了一些读书的感想。这类文章，如果是评论古人的，不管我怎样说，古人是不会起来同我辩论的；如果是评论友朋故旧的作品，即便我说了些错话，也总是会得到原谅的。可虑的是，最近一个时期，有时不注意，也涉及了一些当代作家的作品，这是最容易招来是非的。

老实说，凡是我文章里提到的作家，都是我平日敬重的；凡是我论及的作品，都是我看过以后，感到喜欢的。读后高兴,写几句札记,作为纪念。反之,即使作品如何煊赫,我是不能也不肯赞一辞的。这一点,我谈到的那些作家,是会一目了然的。对于他们,我并自以为有些知己之感。

我写这些文章时,字斟句酌,反复推敲。是出于至诚,发自热心。是谈我个人读书的感想,是从主观直感出发,我不去参考别的评论家所定的调子。这样,在评论的语气上,或是在评论的分寸上,只是发表我的见解,其中丝毫不存什么成见。

二

真是心猿意马。回顾着过去的一年,忽然想起了五十年前的一件事。

我二十岁的时候,在一个镇上,当小学教师,兼教一年级的自然课。那种生涯,回想起来,老年人是没法承担的。一进教室,孩子们乱乱哄哄,那且不谈。正上着课,有的孩子要撒尿,一时解不开裤带,或撒完尿回来,自己结不上裤带,我都要下讲台去亲自动手。有一次,坐在前排的一个孩子,非常顽皮,怎么说也不行,我烦躁起来,要证实师道尊严,就用教鞭在他的头上敲了两下。这孩子哭叫着走出校门,全体同学知道后都为之变色。原来,我打的这个孩子,是学校的董事,本村一个大军阀的爱子,而且是爱妾所生。

我这才知道闯了祸。但在旧社会,这也不过卷铺盖走人而已,构不成什么别的罪过。

并没有发生什么事变。第二天,孩子还是来校上课了。因为,就是在旧社会,即使军阀的爱妾,家长的观念仍然是:请来老师和请来保姆,其目的是不一样的。

三

现在,有些评论家,可以说,对于作品是爱护备至了。凡是他们说过好的,别人就不能说一点点错,不然就是苛求啊,嫉妒啊,站出来仗义执言了。

其实,如果仔细考察一下,其中有些人,原先并不这样慈善。有很长一段时间,他是提着棍棒生活的。形势一变,他放下了棍子,装扮成了保姆模样。她手里拿着一条花手绢,东张西望,看有孩子受了委屈没有。昔日隐身林密处,今天巡逻在花丛。其霸道之气,和拿棍子的时候,是毫无二致的。

一九八一年十二月二十二日

新年悬旧照

我在年轻的时候，也是很爱照相的。中学读书时，同学同乡，每年送往迎来，总是要摄影留念。都是到照相馆去照，郑重其事，题字保存。

抗日战争时期，日本人一到村庄，对于学生，特别注意。凡是留有学生头，穿西式裤的人，见到就杀。于是保留了学生形象的相片，也就成了危险品。我参加了抗日，保存在家里的照片，我的妻，就都放进灶火膛里把它烧了。

我岳父家有一张我的照片，因为岳父去世，家里都是妇孺，没人知道外面的事，没有从墙上摘下来。叫日本鬼子看到，非要找相片上的人不可；家里找不到，在街上遇到一个和我容貌相仿的青年，不问青红皂白，打了个半死，经村里人左说右说，才算保住了一条性命。

这是抗战胜利以后，我刚刚到家，妻对我讲的一段使人惊心动魄的故事。她说:“你在外头,我们想你。自从出了这件事,我就不敢想了,反正在家里不能呆,不管到哪里去飞吧!”

一九八一年编辑文集,苦于没有早期的照片,李湘洲同志提供了他在一九四六年给我照的一张。当时,我从延安回到冀中,在蠡县下乡体验生活,是在蠡县县委机关院里照的。我戴的毡帽系延安发给。棉袄则是到家以后,妻为我赶制的。当时经过八年战争,家中又无劳力,家用已经很是匮乏,这件棉袄,是她用我当小学教员时所穿的一件大夹袄改制而成。里面的衬衣,则是我路过张家口时,邓康同志从小市上给我买的。时值严冬,我穿上这件新做的棉衣,觉得很暖和,和家人也算是团聚一起了。

晚年见此照相,心里有很多感触,就像在冬季见到了春草春花一样。这并非草木可贵,而是时不再来。妻亡故已有十年,今观此照,还隐约可以看见她的针线,她在深夜小油灯下,为我缝制冬装的辛劳情景。这不能不使我回忆起入侵敌寇的残暴,以及我们这一代人所度过的艰难岁月。

一九八一年十二月

乡里旧闻

外祖母家

外祖母家是彪家村,在滹沱河北岸,离我们家有十四五里路。当我初上小学,夜晚温书时,母亲给我讲过这样一个故事:母亲姐妹四人,还有两个弟弟,母亲是最大的。外祖父和外祖母,只种着三亩当来的地,一家八口人,全仗着织卖土布生活。外祖母、母亲、二姨,能上机子的,轮流上机子织布。三姨、四姨,能帮着经、纺的,就帮着经、纺。人歇马不歇,那张停放在外屋的木机子,昼夜不闲着,这个人下来吃饭,那个人就上去织。外祖父除种地外,每个集日(郎仁镇)背上布去卖,然后换回线子或是棉花,赚的钱就买粮食。

母亲说,她是老大,她常在夜间织,机子上挂一盏小油灯,每每织到鸡叫。她家东邻有个念书的,准备考秀才,每天夜里,大声念书,声闻四邻。母亲说,也不知道他念的是什么书,只听着隔几句,就“也”一声,拉的尾巴很长,也是一念就念到鸡叫。可是这个人念了多少年,也没有考中。正像外祖父一家,织了多少年布,还是穷一样。

母亲给我讲这个故事,当时我虽然不明白,其目的是为了什么,但给我留下很深的印象,一生也没有忘记。是鼓励我用功吗?好像也没有再往下说;是回忆她出嫁前的艰难辛苦的生活经历吧。

这架老织布机,我幼年还见过,烟熏火燎,通身变成黑色的了。

外祖父的去世,我不记得。外祖母去世的时候,我记得大舅父已经下了关东。二舅父十几岁上就和我叔父赶车拉脚。后来遇上一年水灾,叔父又对父亲说了一些闲话,我父亲把牲口卖了,二舅父回到家里,没法生活。他原在村里和一个妇女相好,女的见从他手里拿不到零用钱,就又和别人好去了。二舅父想不开,正当年轻,竟悬梁自尽。

大舅父在关东混了二十多年,快五十岁才回到家来。他还算是本分的,省吃俭用,带回一点钱,买了几亩地,娶了一个后婚,生了一个儿子。

大舅父在关外学会打猎,回到老家,他打了一条鸟枪,春冬两闲,好到野地里打兔子。他枪法很准,有时串游到我们村庄附近,常常从他那用破布口袋缝成的挂包里,掏出一只兔子,交给姐姐。母亲赶紧给他去做些吃食,他就又走了。

他后来得了抽风病。有一天出外打猎,病发了,倒在大道上,路过的人,偷走了他的枪支。他醒过来,又急又气,从此竟一病不起。

我记得二姨母最会讲故事,有一年她住在我家,母亲去看外祖母,夜里我哭闹,她给我讲故事,一直讲到母亲回来。她的丈夫,也下了关东,十几年后,才叫她带着表兄找上去。后来一家人,在那里落了户。现在已经是人口繁衍了。

一九八二年五月三十日

瞎　周

我幼小的时候,我家住在这个村庄的北头。门前一条南北大车道,从我家北墙角转个弯,再往前去就是野外了。

斜对门的一家,就是瞎周家。

那时,瞎周的父亲还活着,我们叫他和尚爷。虽叫和尚,他的头上却留着一个“毛刷”,这是表示,虽说剪去了发辫,但对前清,还是不能忘怀的。他每天拿一个小板凳,坐在门口,默默地抽着烟,显得很寂寞。

他家的房舍,还算整齐,有三间砖北房,两间砖东房,一间砖过道,黑漆大门。西边是用土墙围起来的一块菜园,地方很不小。园子旁边,树木很多。其中有一棵臭椿树,这种树木虽说并不名贵,但对孩子们吸引力很大。每年春天,它先挂牌子,摘下来像花朵一样,树身上还长一种黑白斑点的小甲虫,名叫“椿象”,捉到手里,很好玩。

听母亲讲,和尚爷,原有两个儿子,长子早年去世了。次子就是瞎周。他原先并不瞎,娶了媳妇以后,因为婆媳不和,和他父亲分了家,一气之下,走了关东。临行之前,在庭院中,大喊声言:

“那里到处是金子,我去发财回来,天天吃一个肉丸的、顺嘴流油的饺子,叫你们看看。”

谁知出师不利,到关东不上半年,学打猎,叫火枪伤了右眼,结果两只眼睛都瞎了。同乡们凑了些路费,又找了一个人把他送回来。这样来回一折腾,不只没有发了财,还欠了不少债，把仅有的三亩地，卖出去二亩。村里人都当作笑话来说，并且添油加醋，说哪里是打猎，打猎还会伤了自己的眼？是当了红胡子，叫人家对面打瞎的。这是他在家不行孝的报应，是生分畜类孩子们的样子！

为了生活，他每天坐在只铺着一张席子的炕上，在裸露的大腿膝盖上，搓麻绳。这种麻绳很短很细，是穿铜钱用的，就叫钱串儿。每到集日，瞎周拄上一根棍子，拿了搓好的麻绳，到集市上去卖了，再买回原麻和粮食。

他不像原先那样活泼了。他的两条眉毛，紧紧锁在一起，脑门上有一条直直立起的粗筋暴露着。他的嘴唇，有时咧开，有时紧紧闭着。有时脸上的表情像是在笑，更多的时候像是要哭。

他很少和人谈话，别人遇到他，也很少和他打招呼。

他的老婆，每天守着他，在炕的另一头纺线。他们生了一个男孩。岁数和我相仿。

我小时到他们屋里去过，那屋子里因为不常撩门帘，总有那么一种近于狐臭的难闻的味道。有个大些的孩子告诉我，说是如果在歇晌的时候，到他家窗前去偷听，可以听到他两口子“办事”。但谁也不敢去偷听，怕遇到和尚爷。

瞎周的女人，给我留下的印象，有些像鲁迅小说里所写的豆腐西施。她在那里站着和人说话，总是不安定，前走两步，又后退两步。所说的话，就是小孩子也听得出来，没有丝毫的诚意。她对人没有同情，只会幸灾乐祸。

和尚爷去世以前，瞎周忽然紧张了起来，他为这一桩大事，心神不安。父亲的产业，由他继承，是没有异议或纷争的。只是有一个细节，议论不定。在我们那里，出殡之时，孝子从家里哭着出来，要一手打幡，一手提着一块瓦，这块瓦要在灵前摔碎，摔得越碎越好。不然就会有许多说讲。管事的人们，担心他眼瞎，怕瓦摔不到灵前放的那块石头上，那会大杀风景，不吉利，甚至会引起哄笑。有人建议，这打幡摔瓦的事，就叫他的儿子去做。

瞎周断然拒绝了，他说有他在，这不是孩子办的事。这是他的职责，他的孝心，一定会感动上天，他一定能把瓦摔得粉碎。至于孩子，等他死了，再摔瓦也不晚。

他大概默默地做了很多次练习和准备工作，到出殡那天，果然，他一摔中的，瓦片摔得粉碎。看热闹的人们，几乎忍不住要拍手叫好。瞎周心里的扬扬得意，也按捺不住，形之于外了。

他什么时候死去的，我因为离开家乡，就不记得了。他的女人现在也老了，也胡涂了。她好贪图小利，又常常

利令智昏。有一次,她从地里拾庄稼回来,走到家门口,遇见一个人,抱着一只鸡,对她说:

“大娘,你买鸡吗?”

“俺不买。”

“便宜呀,随便你给点钱。”

她买了下来,把鸡抱到家,放到鸡群里面,又撒了一把米。

等到儿子回来,她高兴地说:

“你看,我买了一只便宜鸡。真不错,它和咱们的鸡,还这样合群儿。”

儿子过来一看说:

“为什么不合群?这原来就是咱家的鸡么!你遇见的是一个小偷。”

她的儿子,抗日刚开始,也干了几天游击队,后来一改编成八路军,就跑回来了。他在集市上偷了人家的钱,被送到外地去劳改了好几年。她的孙子,是个安分的青年农民,现在日子过得很好。

一九八二年五月三十一日上午续写毕

楞起叔

楞起叔小时,因没人看管,从大车上头朝下栽下来,又不及时医治——那时乡下也没法医治,成了驼背。

他是我二爷的长子。听母亲说,二爷是个不务正业的人,好喝酒,喝醉了就搬个板凳,坐在院里拉板胡,自拉自唱。

他家的宅院,和我家只隔着一道墙。从我记事时,楞起叔就给我一个好印象——他的脾气好,从不训斥我们。不只不训斥,还想方设法哄着我们玩儿。他会捕鸟,会编鸟笼子,会编蝈蝈葫芦,会结网,会摸鱼。他包管割坟草的差事,每年秋末冬初,坟地里的草衰白了,田地里的庄稼早就收割完了,蝈蝈都逃到那混杂着荆棘的坟草里,平常捉也没法捉,只有等到割草清坟之日,才能暴露出来。这时的蝈蝈很名贵,养好了,能养到明年正月间。

他还会弹三弦。我幼小的时候,好听大鼓书,有时也自编自唱,敲击着破升子底,当作鼓,两块破犁铧片当作板。楞起叔给我伴奏,就在他家院子里演唱起来。这是家庭娱乐,热心的听众只有三祖父一个人。

因为身体有缺陷,他从小就不能掏大力气,但田地里的锄耪收割,他还是做得很出色。他也好喝酒,二爷留下几亩地,慢慢他都卖了。春冬两闲,他就给赶庙会卖豆腐脑的人家,帮忙烙饼。

这种饭馆,多是联合营业。在庙会上搭一个长洞形的席棚。棚口,右边一辆肉车,左边一个烧饼炉。稍进就是豆腐脑大铜锅。棚子中间,并排放着一些方桌、板凳,这是客座。

楞起叔工作的地方,是在棚底。他在那里安排一个锅灶,烙大饼。因为身残,他在灶旁边挖好一个二尺多深的圆坑,像军事掩体,他站在里面工作,这样可以免得老是弯腰。

帮人家做饭,他并挣不了什么钱,除去吃喝,就是看戏方便。这也只是看夜戏,夜间就没人吃饭来了。他懂得各种戏文,也爱唱。

因为长年赶庙会,他交往了各式各样的人。后来,他又“在了理”,听说是一个会道门。有一年,这一带遭了大水,水撤了以后,地变碱了,道旁墙根,都泛起一层白霜。他联合几个外地人,在他家院子里安锅烧小盐。那时烧小盐是犯私的，他在村里人缘好，村里人又都朴实，没人给他报告。就在这年冬季，河北一个村庄的地主家，在儿子新婚之夜，叫人砸了明火。报到县里，盗贼竟是住在楞起叔家烧盐的人们。他们逃走了，县里来人把楞起叔两口子捉进牢狱。

在牢狱一年，他受尽了苦刑，冬天，还差点没有把脚冻掉。其实，他什么也没有得到，事前事后也不知情。县里把他放了出来，养了很久，才能劳动。他的妻子，不久就去世了。

他还是好喝酒，好赶集。一喝喝到日平西，人们才散场。然后，他拿着他那条铁棍，踉踉跄跄地往家走。如果是热天，在路上遇到一棵树，或是大麻子棵，他就倒在下面睡到天黑。逢年过节，要账的盈门，他只好躲出去。

他脾气好，又乐观，村里有人叫他老软儿，也有人叫他孙不愁。他有一个儿子，抗日时期参了军。全国解放以后，楞起叔的生活是很好的。他死在邢台地震那一年，也享了长寿。

一九八二年五月三十一日下午

根雨叔

根雨叔和我们,算是近支。他家住在村西北角一条小胡同里,这条胡同的一头,可以通到村外。他的父亲弟兄两个,分别住在几间土甓北房里,院子用黄土墙围着,院里有几棵枣树,几棵榆树。根雨叔的伯父,秋麦常给人家帮工, 是个老老实实的庄稼人, 好像一辈子也没有结过婚。他浑身黝黑,又干瘦,好像古庙里的木雕神像,被烟火熏透了似的。根雨叔的父亲, 村里人都说他脾气不好,我们也很少和他接近。听说他的心狠,因为穷,在根雨还很小的时候,就把他的妻子,弄到河北边,卖掉了。

民国六年,我们那一带,遭了大水灾,附近的天主教堂,开办了粥厂,还想出一种以工代赈的家庭副业,叫人们维持生活。清朝灭亡以后,男人们都把辫子剪掉了,把这种头发接结起来,织成网子,卖给外国妇女作发罩,很能赚钱。教会把持了这个买卖,一时附近的农村,几几乎家家都织起网罩来。所用工具很简单,操作也很方便,用一块小竹片作“制板”,再削一支竹梭,上好头发,街头巷尾,年轻妇女们,都在从事这一特殊的生产。

男人们管头发和交货。根雨叔有十几岁了,却和姑娘们坐在一起织网罩,给人一种男不男女不女的感觉。

人家都把辫子剪下来卖钱了,他却逆潮流而动,留起辫子来。他的头发又黑又密,很快就长长了。他每天精心梳理,顾影自怜,真的可以和那些大辫子姑娘们媲美了。

每天清早,他担着两只水筲,到村北很远的地方去挑水。一路上,他"咦——咦"地唱着,那是昆曲《藏舟》里的女角唱段。

不知为什么,织网罩很快又不时兴了。热热闹闹的场面,忽然收了场,人们又得寻找新的生活出路了。

村里开了一家面坊,根雨叔就又去给人家磨面了。磨坊里安着一座脚打罗,在那时,比起手打罗,这算是先进的工具。根雨叔从早到晚在磨坊里工作, 非常勤奋和欢快。他是对劳动充满热情的人,他在这充满秽气,挂满蛛网,几乎经不起风吹雨打,摇摇欲坠的破棚子里,一会儿给拉磨的小毛驴扫屎填尿,一会儿拨磨扫磨,然后身靠南墙,站在罗床踏板上:

踢踢跶,踢踢跶,踢跶踢跶踢踢跶……筛起面来。

他的大辫子摇动着,他的整个身子摇动着,他的浑身上下都落满了面粉。他踏出的这种节奏,有时变化着,有时重复着,伴着飞扬撒落的面粉,伴着拉磨小毛驴的打嚏喷、撒尿声,伴着根雨叔自得其乐的歌唱,飘到街上来,飘到野外去。

面坊不久又停业了,他又给本村人家去打短工,当长工。三十岁的时候,他娶了一房媳妇,接连生了两个儿子。他的父亲嫌儿子不孝顺,忽然上吊死了。媳妇不久也因为吃不饱,得了疯病,整天蜷缩在炕角落里。根雨叔把大孩子送给了亲戚,媳妇也忽然不见了。人们传说,根雨叔把她领到远地方扔掉了。

从此,就再也看不见他笑,更听不到他唱了。土地改革时,他得到五亩田地,精神好了一阵子,二儿子也长大成人,娶了媳妇。但他不久就又沉默了。常和儿子吵架。冬天下雪的早晨,他也会和衣睡倒在村北禾场里。终于有一天夜里,也学了他父亲的样子,死去了,薄棺浅葬。一年发大水,他的棺木冲到下水八里外一个村庄,有人来报信,他的儿子好像也没有去收拾。

村民们说:一辈跟一辈,辈辈不错制儿。延续了两代人的悲剧,现在可以结束了吧?

一九八二年六月二日

小说杂谈

小说与伦理

幼时读《红楼梦》，读到贾政笞挞贾宝玉，贾母和贾政的一段对话，不知为什么，总是很受感动，眼睛湿润润的。按说，贾政和贾母，都不是我喜爱的人物，为什么他们的对话，竟引起我的同情呢？后来才知道，这是传统伦理观念的影响，我虽在幼年，这种观念已经在头脑里生根了。

这是母子之间或父子之间的伦理。《红楼梦》里，薛宝钗劝说薛蟠的那一段，也很感动人，这是兄妹之间的伦理。王熙凤和平儿睡下以后，念叨贾琏在路途上的事，写得也很动人，这是夫妻之间的伦理。读起来也是动人的。

当然，《红楼梦》中，除了正面的伦理描写，也写了伦理的反面。写得也是很生动的。伦理也随时代变化，我们就不一一说明了。

总之,小说既是写社会,写家庭,写人情,就离不开伦理的描写。而《红楼梦》写得最好,最感人。

前些年,我们的小说,很少写伦理,因为主要是强调阶级性,反对人性论。近年来,可以写人情、人性了,但在小说中也很少见伦理描写。特别是少见父子、兄弟、朋友之间的伦理描写。关于男女的描写倒是不少,但多偏重性爱,也很难说是中国传统的夫妻间的伦理。

一九八一年十月八日

叫人记得住的小说

大概是三十年代中期,我在《文学月报》第五、六期合刊上,读过一篇小说,题名《福地》,作者徐盈。这篇小说,以保定第二师范革命学潮为题材。后不久,我又在《现代》杂志上,读了一篇小说,以国民党特务在上海秘密突击捕捉共产党员为题材,作者金丁。这篇小说的题目,后来忘记了,最近从《现代》编者施蛰存的回忆录中得知,为《两种人》。

这两篇小说,看过已经快半个世纪了,其内容记得很清楚,而且这两位作者,并不是经常发表小说的。我曾经和一个河南的青年同志谈起过,自己也有些奇怪:那一时期,我看的小说,可以说很不少,为什么大多数都已忘记,唯独记得这两篇呢?

前几个月,在一本文学丛刊上,读了俄国作家库普林的两篇小说。当时,我也对一个青年说:库普林的小说,叫人读过以后,能记得人物的每一个行动,每一个细小的情节;人物的住处、陈设,室内的空气阳光,花草的长势,人物的饮食、呼吸、喘息,一件件都历历在目,有条不紊。而我们也常常读到这样一种小说,写得像闹市一样,看过以后,混沌一团,什么清楚的印象也没有。这又是什么道理呢?

经过分析,我认为:前两篇小说,我所以长期记得,是因为它所写的,是那一个时代,为人所最关注的题材,也可以说是时代尖端的题材。也是我最关心的题材,因为它写到的第二师范和河北大学,和我所上的育德中学,只隔一条马路。金丁那一篇,则正是丁玲同志等人被捕以后,文学青年正处在迷惑焦虑之中。当然,这不能叫做题材决定论,还是因为两位作家的成功的创作。

至于库普林的小说，能做到这样，那自然是现实主义的功力，为我们所应当借鉴的。

一九八一年十月八日下午

小说成功不易

我常想，我们国家，历史文化这样悠久，书籍文物如此丰富，但是真正好的长篇小说，也就是那四部奇书；短篇小说也就是唐之传奇，宋之话本，清之聊斋。别的国家，其实也是这样。大作家总是寥若晨星，古典文学名著，并非接连出现的。

这可能与印刷条件有关，古代文字流传，先是全凭抄写，后虽能印刷，印数有限，耗费也大。所以文字能否流传，全凭质量，全凭人们愿看不愿看，选择是非常严格的。流传下来的，也是真正的好东西。

"五四"以来，崇尚白话小说，作者日众，出版也多。但六七十年间，检阅一下，真正成功的，一直为群众喜爱的小说，也是屈指可数的。这当然也可能与出版条件有关。旧社会，出版社为私人经营，他要照顾血本和利润。每出一本书,他要考虑销路,选择有眼光的编者,注意校勘,保证质量。这样一来,从一方面说,是限制了书籍的出版数量,从另一方面说,也限制了书的滥出滥印。

艺术生产,乃精神生产,不是工业生产,不能成批成套,一哄而起。刊物办得多,如果编者无见识而讲关系,发表的作品,滥竽充数者多,就不能提高创作的水平。出书多,如果不严加选择,不作科学评定,只以数量定成绩,定形势,不过多久,也会看出破绽来的。

当然,金沙多,将来淘出的金子就会多。但如沙和金比例悬殊太大,其结果还是不能定准的。

一九八一年十月十七日晨雨

小说是美育的一种

"五四"前后,蔡元培极力提倡美育,对小说的美育价值,评价甚高。梁启超写过一篇题为《小说与群治之关系》的文章,把小说与政治维新联系起来,把小说提到更重要的位置。对小说的社会作用,道德教育作用,说得也更明确。

那时，中国正处在力图改革向上之期，提倡民主和科学，对文学艺术，也提倡要为人生，为民主进步，为改良社会道德贡献力量。这一时期的小说总的趋势是很健康的。

小说属于美学范畴，则作者之用心立意，首先应考虑到这一点。中国古代作者，无论是处于太平盛世，或是乱离之年，他们的吟歌，大抵是为民族，为国家，为群众的幸福前景着想。用心如此，发为语言文字，无论是歌颂、悲愤、哀怨、悲伤，从内容到形式，都出自美和善的愿望。相反，在"四人帮"祸国时期，他们的御用文士，所作文章虽貌似卫道，充满子曰诗云，但从中不会看到一点美好的东西，他们所作的小说，是坏人心术的，败坏道德的。

言为心声。心为大众，其语言虽拙亦美；心为私利，其语言虽巧亦恶。一人发声，千人所听，是不容易欺骗得了人的。

自创作繁荣以来，美的小说，固然很多。但不给人以美的感受的，也实在不少。形式上的离奇怪异，常常伴随淫乱、谋杀、斗殴、欺诈的内容。有人说这是社会生活的反映，我想，有时也可以说是作者心理状态的反映。如果说这种作品是现实主义，或是批判现实主义，那真是风马牛不相及了。沿着真正的现实主义道路从事创作的作家，是不会产生这种作品的。

一九八一年十月十七日

小说的体和用

"五四"以后，中国新的白话小说，在形式上已经和传统的小说，很不相同，可以说是欧化了的。鲁迅小说的榜样，影响了一代和几代的作家。这种小说的形式，就好像长江、黄河一样，一旦发源，就形成了自己的广大流域。再想改变这种形式，是不可能的，也很少有人再做这种幻想。

当时，为什么改变得这样快，这样猛？有时代的原因。当时的政治、经济、文化各个领域，整个社会思潮，都要求改革，打破传统的桎梏。有人甚至提出了全盘西化的主张。在政治、经济方面，这当然是不现实的，行不通的。但在意识形态领域，这种思潮的冲激力量大，并对其他领域，起着主导的作用。白话文学终于革命成功，小说、戏剧、诗歌，获得了彻底解放，形成了现在的样子。

如果把这种成功，归结为"全盘欧化"，那就完全错误了。如果文学也像当时的政治经济一样，只求依赖欧美，醉心形式主义，那它在当时就会夭折，就会失败了，不会有今天。

这是因为，新的小说，虽在形式上吸收了外国一些东西，这究竟是属于“用”的方面，其本体还是中华民族的现实生活，现实理想。白话文学革命所以能成功，就是因为当时绝大多数的战士，是现实主义的而不是形式主义的。是社会改革者，不是流连西方光景的庸人。用本民族现实主义的生活内容，驾驭西方的比较灵活多样的形式，使作品内容的生命力，得到更完美的发挥。

当然，“五四”以来，也有人单纯追求外国时髦的形式，在国内作一些尝试。但因为与中国现实民族习惯、群众感情格格不入，他们多是浅尝辄止，寿命不长，只留下个轻浮的名儿。

一九八一年十月十八日

小说的欧风东渐

“五四”以前，林纾等人以文言翻译外国小说，使中国读者眼界大开，并开始影响着中国小说的创作。就在那个时候，翻译家对外国作品，还是慎重选择的。他们所翻译的多是外国古典文学,大作家的代表作品。其内容大都与民族解放、民族文化或社会问题有关,未有单从形式上猎奇好新者。翻译家首先考虑的,是这篇作品介绍到中国来,对中华民族,对中国社会有何好处。

鲁迅先生及其他进步翻译家,对这一点认识得就更明确了。他们都是审视中国当前的需要,去选择要翻译的东西。想到民族衰弱,帝国主义欺凌,他们翻译了很多弱小民族的苦难和斗争的小说,一直持续到抗日战争以前。想到民间疾苦,社会不平,他们翻译了很多民主主义作家,对社会批判的小说,一直到介绍十月革命的小说。介绍这些小说,并非只看内容,也注意其艺术造诣,多数是现实主义的经典作品。这样做,是为了提高中国读者的鉴赏趣味,更重要的是提高中国青年作家的写作能力。这种工作,鲁迅先生一直坚持到他逝世为止。

鲁迅一生,翻译和着力介绍的大都是伟大的现实主义作家的作品。对中国的现实和文学的发展,其意义和作用,自不待言。

其他翻译家,在这一方面的功绩,我们也应该做充分的估计。

翻译文学作品,不能与引进生活资料等量齐观。文学艺术是精神、道德、美学的成品，不能说外国现在时兴什么，畅销什么，我们就介绍什么。首先要考虑的，是我们民族、社会需要什么作品，什么作品对它的健康发展有益。这才是翻译家的崇高职责。

一九八一年十月十八日

真实的小说和唬人的小说

前天晚上，偶然的机会，读了陕西作家李志君的小说：《焦老旦和熊员外》。读得很高兴，看完以后心里说："这是一篇真实的小说。"

真实的小说，就是能够真实地传达出现实生活，或者说是现代生活的情趣的小说。李志君的小说，写得生动活跃，语汇丰富，文字精练考究。焦老旦这个人物以及小小山村的气氛，可以说是写活了。

我有时想：我们的时代精神，时代前进的脚步声，不就是存在于这些平凡的人们的日常生活和工作之中吗？他们的心声，不就是我们时代和社会的心声吗？我们还要到哪里去寻觅新的生活和新的人呢？

文学是反映生活的艺术,如果各个生活角落,各个平凡的、勤劳的、继承了民族固有美德的人,都得到了艺术上的反映,我们的小说创作,不是就可以称得起很丰富,我们的先进人物、英雄人物,不是也就随之坚强地树立起来了吗?

有的小说,不从认真地去反映现实着想,却立意很高,要“创造”出一个时代英雄。这种人物,能得政治风气之先,能解决当前社会、经济重大问题。这种英雄人物,不是从生活中提炼,而是从作家头脑中产生,像上帝创造了人一样神奇。

回忆几十年来,这样的小说,读过的确是不算少数了。这种小说,可以称做唬人的小说。

还有这样一种逻辑:谁在小说中创造了这种“时代英雄”,谁好像从此也就有了英雄气概。哪一位评论家,首先发现或首先吹捧了这篇作品,他本身也就好像沾染上了英雄的味道。

这实在是一种荒诞的误解。

作家凭头脑创造出来的人物,总是站不住脚或不能长期站住脚的,不久就倒下了。几十年例证也不少。评论家好像并不气馁,他又兴致勃勃地去寻觅新的“英雄”了。

这种评论家,可以称做唬人的评论家。

李志君的小说,后一半就差一些。这一半成了焦老旦一个人在那里说理,作批判发言。有些概念化,因此艺术的力量,也就随之减弱了。

一九八一年十一月七日上午

小说的取材

同一天晚上,不知道为什么,读书的兴致这样高,又读完了登在《人民日报》上的邓友梅的小说:《寻访“画儿韩”》。这是一篇很有趣味的作品,我耐着寒冷一口气读完了。

邓的小说,语言流畅,熟悉掌故,情节紧凑,并有出人意外的惊人之笔。读完以后,也认真想了一下:凡小说,材料为基础,主题为导引。主题之高下,取决于作家的识见。自此以后,小说或成宏伟建筑,或虽成建筑,而仍是材料杂陈,不得而定也。

这篇小说的大部分着重写了旧社会、文物行业的奸巧伪诈,写得很真实生动。我近年附会风雅,也很喜欢看一些有关文物及其经营者的记述文字，但这方面的知识很是浅薄。读后感到作者在这方面是作了充分的调查的。

小说的后面一部分，是写解放以后，从事这一行业的变化，和有些人物的不幸遭际的。这一部分约占整个篇幅的三分之一，写得简略、一般。

我想作品的主题何在呢？如果重点放在解放以后，我以为社会意义和认识作用会更大一些。作家却把重点放在了前面。就使这篇小说成为京华街头巷尾谈论的逸闻轶事，而凡此种种，也可从前人一些笔记小说中得之。这样做，使人有主题本末倒置的感觉。

以上只能说是个人的读书心得。其实，作者会比我想得更清楚。就整个小说的取材来说，取材旧社会，应该说是远的；取材解放以后，应该说是近的。对观察体验来说，远的间接，近的直接。一般规律写间接难，写直接易。今作者反其道而行之，是舍易而取难呢，还是因为对难易的看法正相反，才不得不如此做文章呢？我想，是后者起了决定作用。

一九八一年十一月七日中午

小说的抒情手法

在叙述描写中，时加作者的议论或抒情，中国小说，古实无之。唯见于短篇记事文中，即所谓夹叙夹议也。有之，自新的白话小说始。

翻译的白话小说，既然对中国新的小说有了很大影响，抒情议论的手法，也即随着洋为中用了。外国作家，习惯于在小说中直抒胸臆，有的动辄数千言，从客观世界，把读者拉入他的主观世界，听其说教。现实主义作家，有这种手法，而浪漫主义作家则尤甚，成为创作不可排除的手段。但做到自然，也是非常不容易的。

我少年时，也很喜好这种手法，以为兼小说与诗歌为一体，实便于情感的抒发尽致。但回头研究中国古典小说，实又感到，有此不为难，无此则甚为难。

中国两大艺术巨构：《红楼梦》、《水浒》，均为现实主义小说。其表现手法，纯用描写，无分巨细，生龙活现，无一败笔。感情寓于客观事物之中，作者、读者与书中人物共之。如长江大河之奔流，两岸景物自亦同时融会其中，不分主客。从来没有见过，曹雪芹和施耐庵，在叙述人物、时令、天气之时，忽然发一顿议论或感慨的。如果有这种现象，人们一定会说，这不成体统、不像话，是见月伤心、听雨落泪的文士强加上的。

当然，从外国引进的这一手法，是无可非议的，也不能废止的，但要做到适可而止，不可泛滥无收拾。

去年读了一篇青年作者写的小说，小说五六千字，而文末抒情，竟达一千五百余字。我写信劝他以后要注意含蓄。青年人感情丰富，不一定能接受得了吧。

周克芹同志的小说《许茂和他的女儿们》，蜚声文苑，羡仰久之。只是因为时间、身体、视力，一直未能拜读，领略风貌。近日本地电台，每日于早八时许播讲，正值我晨炊之时，一边看着炉火，一边静心听讲，已经有些天了。这是一部存有忧国忧民之心的小说，一部有观察、有体会、有见解、有理想的小说。听时因照顾锅灶，容有疏略，总的来说，作者的艺术，是令人心折的。但也感到，小说中的抒情部分太多了，作者好像一遇到机会，就要抒发议论，相应地减弱了现实主义的力量。

一九八一年十一月十一日下午

小说忌卖弄

近几年来，在小说中，常常看到主人公在听一种什么西洋音乐，或在欣赏一幅什么西洋名画。这一细节，在过去几十年，是很少见到的，这是新事物。

但是，这支曲子和这幅名画出现在小说里，又好像和主题，和所写的人物、事件，并没有多少关联，甚至谈不上是所描写的生活场景的一种点缀。只是为了写上这个而写上的。它给人的唯一感觉是：作者听过这种音乐，欣赏过这种名画。

当然，罗曼·罗兰在《约翰·克利斯朵夫》那部长篇小说里，以大量的篇幅写了音乐方面的事，也不是说，罗曼·罗兰研究过贝多芬，写过他的传记，才有资格写。但他的小说里所写到的音乐，确实与小说的主题、人物、情节，有着融合一体不可分割的联系。

《红楼梦》写到了诗、词、歌、赋、医卜、戏曲、绘画、建筑。作者并非有意卖弄这些方面的知识，而是通过主题思想，人物的塑造和生活环境描述，故事的进行和深化，运用了这些知识。我们可以说作者的学识渊博，但不会说他是在卖弄。《镜花缘》里有些故事写得很好，本来可以写得更成功，但因为在书中卖弄音韵之学，就使小说减色不少。

另有一部小说叫《野叟曝言》。作者写作的目的，就是为了卖弄知识学问。天文、地理、政治、军事，都谈到了。希望皇帝看到他这部小说，把他请去当顾问，或做哪一方面的专家。结果，官儿没有做成，那么长的小说也没有人愿意看，只在小说史上存下个名目而已。

因为，人家要学习知识，自有各种专著可供参阅，又何必去读你的小说？如果真的相信了你在小说中表现的知识，把你请去当什么部的部长，那不是要坏事情吗？

小说家需要多方面的知识，特别是有关生活的知识。即使是生活的知识，也不能卖弄。在近代小说史上，有这种现象：一个作家对农村或对工厂的生活，比较熟悉，他的作品，在这方面受到了称赞。作家从此认为是自己的专长，进一步在作品中堆放这方面的知识，反而使他的作品出现了干枯琐碎的毛病。

生活和艺术关系密切，但并不是一回事。艺术要求把生活完美地融合于人物性格、人物行动之中，一切要出于自然。

生活不能卖弄，才情也不能卖弄。至于有的作品，于有意无意之间，在小说中炫耀作者的官职、地位、居室、陈设，那就更是下乘的了。

一九八一年十一月二十一日晨

小说的结尾

小说无论长短，总是开头容易，结尾较难。既是开头，则头头是道，而结尾必须结束全篇。

古代小说的结尾，大都采取团圆的形式。团圆以后，再由作者诌几句诗词，劝善惩恶。

白话小说兴起，思想内容起了很大的变化，结尾仍然是个问题。鲁迅在小说《药》的结尾，放一个花环，自己说是添一点光明和希望。但我们不能说这是“光明尾巴”的始祖。因为这一花环的出现，仍然是作品的血肉结构，有机的连续，是与当时的社会思潮有着关联的。

三十年代初期，大众文学崛起。但在刚刚开始，冒牌货色实在不少。例如当时有个时髦作家叫穆时英，他在一篇小说的结尾写道：“谁的拳头大，天下就是谁的！”引青红帮流氓语言入小说，以为就是第四阶级的革命，当时还很有些时髦的评论家，对此加以吹捧。

这不足怪，因为无论是这位小说家还是这些评论家，根本不知道无产阶级革命是怎么一回事，他的小说的失败，并不完全在这结尾上，而在整篇都是胡编乱造。

最近，接连看了几篇小说，我认为写得都很好，就是在结尾上，有些美中不足。李准的《王结实》，李志君的《焦老旦和熊员外》我已经谈过了。贾大山的《花市》，意义与李志君作品相同，而为克服结尾处的概念化，作者是用了一番脑筋的。但主题似又未得充分发挥，可见结尾之难了。

我们的作者，有了生活的积累，总愿意小说有一个正确的方向，或者说是主题。这一意图又常常借结尾之机，向读者表明，这就是出现前边说的情况的原因。

但如普希金、果戈理、莫泊桑等大家的小说，就很少此病。他们在一篇作品里，主题融合于生活描写之中，生活之流到头，主题也就表现完毕。并不像我们，前边写的是生活，而在结尾处，才点出主题来，给人以两张皮的印象。

一九八一年十二月十日

小说的作用

古人称小说为稗乘，即别于经典之上乘也。又说，小说是街谈巷议的东西，即非登大雅之堂者。又说，虽小道亦有可观者，同时肯定了小说的价值。

我觉得古人对小说的评价，大体上还是公平的，不夸大也没有抹杀它的价值和作用。

特别提出街谈巷议，是小说创作的来源与基础，这一说法，是非常合乎实际，非常科学的。一、小说产生在群众中间；二、它最初发生，是出之以口，入之以耳的形式；三、小说的谈和议是在街巷进行的。

既然是在街巷进行，就有个影响的问题，例如谈的议的，是发生在东邻西舍的事，表扬歌颂，固然无妨，如果是暴露讽刺，那就要得罪乡人。如果谈议的事，有关区县省府，那就更需要考虑后果了。

因此，最早的小说，多是志怪志异而非志人，怪异就是说些天地的变异，狐鬼的故事。这种故事，与人事无关，尽可添枝加叶，谈得痛快。以后，因为有了文字，发明了纸墨，小说于谈议之外，还可笔记，因此有了笔记小说。小说的题材，才由妖异狐鬼，进入社会人生，才由幻想进入了现实。这自然是小说的一次革命，一次飞跃。从此，就是写些当今社会上的实事，只要不指名道姓，稍加改编，作品由纸笔流传，招惹罪祸的机会，也就相应地减少了。

但也还不能说，小说来了一次革命，就变得多么了不起，作用有如何大了。它还是小说，不是大说。

所谓大说，古时是指的孔孟的立言，帝王的大诰，是指《尚书》、《礼记》、《易经》、《春秋》这些著作。这些著作，按今天的图书分类法，好像都属于政治经济学部分，而小说自古以来称做闲书，无论如何是挤不进去的。

当然，小说写好了，也被称做文章。"文章华国"，小说优秀者，自亦有份。至于曹丕说的"文章经国之大业"，这里的文章，是指的诏书，檄文，议奏，论说，绝不包括小说在内。

随着印刷术的进步，随着小说题材日益向现实生活突进，随着作家的思想、道德情操的提高，小说的作用，也逐渐扩展和提高，这是事实。在有的国家，随着资本主义的发展，小说逐渐商品化，也是事实。什么东西，一旦商品化，就会产生拜物现象。因此，由于盲目推崇，广告宣扬，把小说的作用，吹得神乎其神，使一些作者，自我膨胀，飘飘然起来了。

对于一种事物，一味抹杀，固然不好，但一味吹嘘，其招来的后果，也常常适得其反，危害了事物的本身。这种经验教训，冷眼人是看得很清楚的。

农村俗话：说书唱戏劝人方。好内容的小说，引人向善，也不过是劝诱而已。直接把书里的人物，当作生人的榜样，生拉硬扯去学习，虽一字不识的农夫农妇，也不至于这样呆。当然，传说中的少女，抱着《红楼梦》，死恋贾宝玉的也有，那并不是热爱什么正面人物，英雄典型，而是有些神经失常了。

一九八二年五月一日改讫

小说与时代

小说既是现实生活的反映，当即反映时代的风貌。所谓时代风貌，并非只是一个时代，广大人民的生活样式，而主要是他们的思想感情的样式。也并不是说，每一个时代的作家，对他所处的时代，都能作等同的表现。古者不遑谈，以近代文学而论，“五四”前后小说，多反映启蒙、反封建、民主要求。国内革命战争时期,小说多反映城乡阶级压迫及阶级斗争。这些都可以说是当时的精神倾向。抗日战争时期主题更明显集中,就不必详谈了。

小说的反映时代,这是很自然的事,作家应是主动的,自觉的,没有任何游离的。本来可以不必出题目加以限制或要求的。有时政治上的要求过于具体繁琐,反使小说不能如实反映时代的精神,这种例子也是很现成的。

每一个历史变革的时期,总会产生它自己的忠实热情的歌者。但历史是不断向前发展的,能逐历史之波浪,为几个历史时期歌唱的歌手,却并不多见。其中虽有不少作家,得享大寿,阅历绵长,也只能在相连的一两个历史时期,大显身手。其余时期,就表现出无能为力。

这因为作家有时是身处时代激流之中,有时是身处激流之外,有时与时代拥抱得紧,有时拥抱得松。冷热有变化,立场有转移,心情处境不同,就引出不同的结果。

抗日战争时期,在根据地成长起一批作家。战事开始时,他们都是血气方刚的青年,忍受外敌侵略,忍受国破家亡之痛,已经有很多年了。一声召唤,他们立即投入了这一神圣战争。战事持续了八年之久,物质条件极端困难。他们除去战争的考验,还要接受饥饿、寒冷、疾病的挑战,伤者累累，死者相继。幸而生存者，所写反映这一时代的小说，它所表现的时代精神，自然是真实的、热烈的，充满生机的。读起来，当然是感人的。在当时，无论从生活，从思想感情，从生活的要求和愿望来说，作家与时代，作家与当地人民，都是亲密无间，血肉相关的。

又经过三年解放战争，他们有的进入了大城市。大城市对作家来说，一方面是写作和出版的条件好了；一方面是他们脱离群众，脱离生活的创作危机的开始。自此，改业他行者有之，转入宦途者有之，英雄无用武之地者有之。他们和根据地人民的联系淡薄了。城市的干部生活，所思所想，与农村的农民生活，所思所想，是有很大区别的。因为生活环境的改变，他们与那里广大人民的关系，已经不是直接，而是间接的了。再从人民身上，来表现时代的精神，就困难了。

问题是，实际上已经是间接的关系，作家有时还不愿意承认，自己还当作是直接的来处理，来写作。有时去采访几天，有时甚至去住上几个月。临时扎根，究竟不同于往日的自然生长。不承认这个变化，不努力打开新的生活局面，勉强维持着，将就着这样一个旧有的生活局面，作品就越来越缺少生机，缺少活气，缺少时代新鲜之感。

自我满足，维持残局，偏安一隅，写生活积累中的残山剩水，实际上，不只远远离开时代的要求，也离开了历史的要求。

鲁迅晚年不再写小说，他自己说是因为没有机会外出考察。他又说，他后一阶段的小说，技巧虽然更为成熟，但已不为青年读者所注意。他心里是十分明白，小说创作与人生进程的微妙关系的。虽雄才如彼，也不能勉强为之的。他就改用别的武器，为时代战斗，并用全力去培植、扶持、鼓吹能真正表现新的时代风貌的，青年作家的小说。

一九八二年五月一日晚灯下改讫

谈　比

古代刑律，最讲究比。就是说，判刑定罪，除去对照法律条文，还要和过去的旧例成案相比，一丝不苟。《四部丛刊》中有一本书叫《棠阴比事》，就是编辑了很多案例，成为一本名著的。

有些事物好比，一比也确实可以说明问题，说服群众。比如运动员比赛，一球之差，一秒之别，裁判员据实宣告，百万观众,都会点头承认,鸦雀无声。

但文章一事,涉及意识形态,奥妙无穷,千变万化,众口纷纭,莫衷一是,要想比出个结果,使观众心服,就不是那么容易的事。

然而,比之一事,还势在必行。古代以科举取士,凭的是三篇文章。文章不好评比,于是想出一个办法,把文章规格化,定为八股,一股一股去比,这就简单多了。但还是不断出问题,看卷的把他选好的卷子交上去了,主考不同意;或主考把名次奏上去了,皇帝又不同意。只好另来。从废弃的卷中重新挑选呈上,这叫“搜落卷”,有时倒一举得“中”了。

所以说,这种比法,实际上也是碰运气,靠不住的。但人们还是“认认真真”地去对待。秋闱之中,有座师——就是看初稿的人;有房师;有主考。士子得中之后,都把他们尊为恩师。而这些人也真居之不疑,坐在家中,等候谒拜,并热情地招待这些从来也不认识也没有帮过一点忙的门人。此后,如果双方都官运亨通,这种特殊的关系,还可以维持很久。

那时考场生活,是很苦也很惨的。蒲松龄写得最具体生动不过了。且不说一临考期, 妻子为预备考具饭食,父兄送考接考，等候捷报，坐立不安。士子们关在那“棘闱”里面，有的呕吐，有的腹泻，有的打摆子，狼狈不堪言状。但一旦得中，就自称是三场得意，文战告捷，友朋祝贺，家人为荣。真是天晓得，是在以文战，还是以命运战。

科举制度的流风所至，人们对文章一事，也就好比，甚至对作家，也好比。这就是鲁迅晚年所惋叹的：鲁比郭如何，郭又比茅如何的，嘁嘁喳喳之徒们的爱好。

文艺作品是不好比的。主题相同，题材相同，还可以进行比较——其实也难，如风马牛不相及的作品，比其高低，就很困难了。你说《红楼梦》好，还是《水浒传》好？当然有人可以冲口而出，因为两部书都好。但那也只是个人的爱好，不能成为科学的评定。

此外，小说方面的“超越”一说，作为鼓励之辞，无可厚非，认真一想，也很难办。这么多年了，不只《红楼梦》没有人能超过，一部《西游记》，也没有人能超过。甚至像《老残游记》这么一部并非赫赫之书，也没有人能超过。没有超过，并不是说这么些年，没有天才，没有人才。历史条件不同，所写生活不同，作家素质，文艺观点、修养都不同。所写作品，与前人不好比，因此也难谈超越。任何时代，都可以产生后人不能超越之作。何必定要在一条线上去超越前人？

《阿Q正传》,我看垂之千万年,也是不能有人超过的。

不只小说,凡是真正伟大的艺术品,都具备不朽的,不能超越的特质。

一九八二年五月三日大风,不能外出,成短文二,四日晨起改讫

谈名实

世界上有些事,名实不相当者甚多。有时乍一听也有道理,仔细一推敲又没有道理。这是因为名实之间,常有很大距离之故。

小说亦然。就先说作者吧,几十年以前,我写过一篇文章,题目叫做《论培养》。只看题目,就知道是说作家可以培养得之,或有人培养者得成材器。过了几十年,我明白了很多事理,认为这样说法,不合乎实际。就又写了一篇小文,题目是《成活的树苗》。说明作家成材与否,全靠自己,培养一说,不大科学。但似乎并未引起注意,有很多人还在因袭旧说。

中国自古以来,就有"栽培"一词,比如看旧戏旧小说,

就常见下僚对他的上级说:“全靠大人栽培。”栽培也就是培养,难道有什么错吗?其实,那只是一句客气话,讨人喜欢的话,并不能认真。

这两个字,以植物学解释,自然说得通。但:植物之成长,也主要是靠自然条件,例如土壤、水、阳光。多么辛勤的农夫,也不会自认是阳光雨露,如果那样,他就是狂人。但是,如欲植物长得好,当然亦需人工,即栽培。

在文艺上,问题就复杂得多了。一位好的小说作者的产生,可以说是国家培养、社会培养,也可以说是时代培养。因为这是就大政方针方面立论,无可争辩。一涉及到人事上,就应该名实相副。

比如说一位文艺刊物的编辑(我有两篇文章,都是谈的编辑),对于一位作家,无论有多少费心之处,充其量也只能说是帮助,还说不上是培养。一位评论家,对一篇小说,无论你的评论,多么及时,多么正确,其作用也不过鼓吹助兴,也谈不上栽培。

这里并不是贬低编辑或评论家的职责及其作用。老实讲,做到这样,已经很不容易了,不然为什么有人竟把“培养”一词,送到你的名下呢。

一树、一禾、一花,立于天地之间,其成活生长之机半,其夭折死亡之机亦半。其初生也，茕茕孑立，风摧之而雹毁之，洪水涝之而干旱蒸之。成材或不得成材，成活或不得成活，除自然恩赐之外，自然也不能与人事无关。就不用说，当干旱之时，你引水浇灌；当风霜之际，你设屏障护卫。就是你旁观侧立，不乘他人之危，效流氓之砍伐，顽童之削割，对于一株植物来说，也算是恩高德厚，终生不能忘怀的了。

然而，小说的作者，又究竟不同于植物。他可以思想，也可以行动；可以进取，也可以退却。他生存于世间，浮沉于社会。他是靠自己生活的根柢，思想的高度，观察的能力，情操的修养，来完成他的作品，来完成他的使命的。别人对于他的影响，较之他自己须作的努力，即奋斗不懈，百折不挠，深思熟虑，规模宏远，不为名利所摧折，不被荣辱所埋没……就微乎其微了。

这一篇，也可以说，就是我要写的《再论培养》。

一九八二年五月

佳作产于盛年

久居闹市，散步为难。时值春暮，偶有郊游之兴。至一桃园，与技术员交谈，得知该园桃树移植已五年，正处于结果期，再数年，才到盛果期。闻之若有所悟。

回到家中，默默一想：桃子吃了多年，从没有想到它是什么期生长的。管理桃园的人，是很盼望桃树的盛果期到来的。任何事物，都有一个盛果期，文艺创作也不例外。

又进一步想：鲁迅写《阿Q正传》，可以说是在他小说方面的盛果期；茅盾写《子夜》，是在茅盾的盛果期。一个作家，当他已经有了一定时期的准备，例如生活积累的准备，社会经验的准备，思想意识的准备，文艺修养的准备，大概他的年龄，也就到了壮年。在这个年龄，创作出不朽之作，当然可以称之为盛果期了。

任何事物，当其盛年之时，都是令人羡慕的。生物尤其如此。草木之盛年，就不用说了。盛年男女，即一个人的全盛阶段，其在形体上，仪态上，思想上，感情上，可以说都达到了成熟，繁茂，热烈的极点。也最富于战斗、追求的信心和勇气。人到壮年，青年时的主观幻想，已经与客观世界逐步融合，并形成自己的社会观和世界观。他们的艺术技巧，经过前一阶段的锻炼，也逐渐成熟，正好用来表现他们所迫切要表现的社会现实。

人的盛年期，是他在生活上、事业上的鼎盛之期，文艺工作，自不能例外。但绘画书法，何以越到老年则越成熟呢？绘画书法偏重技法，故能老而不衰。小说则不然。小说的生命，在于作家用他的世界观，对现实生活的观察反映。不幸的是，一个作家的世界观，到了晚年，常常变得消极甚至虚无。

旧日的小说家，到了晚年，常常对人生作出消极的判断。他们认为只有在青年朦胧之期，才有向往，才有追求，才有创造。人到晚年，就好像捅破了糊窗纸，洞彻了人生的奥秘。法国一位女作家说：人之一生，并不像你所想的那么好，也不像你所想的那样坏。托尔斯泰晚年，对人生得出的结论是：奋斗一生，所需不过六尺之地。就像海明威那样富于幻想、战斗、冒险的作家，最后竟以毁灭自己，作为人生的结论。以这种思想作基础，写出的作品，其意义常常就不及盛年之作了。而青年期之作，则又富于幻想，常与现实相违。所以说，小说佳作多产自壮年。托尔斯泰的创作生活，持续得最久，但最受欢迎，最有社会意义的作品，也产自他的盛年之期。

这只是就一般而言，具体情况，也因人而异。有的人一生华而不实，虽届壮年，也在盛产，而终无佳作。有的人，虽已具备产生佳作的条件，而以客观原因，失去了这一机缘。虽有这些情状,但我仍然认为:人的一生之中,青年时容易写出好的诗;壮年人的小说,其中多佳作;老年人宜于写些散文、杂文,这不只是量力而行,亦卫生延命之道也。

一九八二年五月五日上午

小说的精髓

好多年,很少看外国小说,但遇到文艺刊物上登有好的翻译小说,总想看看。并以为在登创作的刊物上,经常介绍一些好的外国短篇小说,都是对于青年作者们很有好处的。这点篇幅用得是有价值的,比为了凑字数多登一篇水平很低的创作,要好得多。

前两天收到《山花》,上面有一篇蒲宁的短篇小说,题名《乌鸦》。蒲宁为赫赫有名的大作家,并得过诺贝尔奖金。但我过去读他的作品很少,今天就在手边,一口气读完了。

《山花》介绍这篇小说,称之为手挥五弦的艺术,这是无可非议的。小说的艺术、语言,都是可以借鉴的。但是,我读完了这篇作品,心里很不舒服,和平日读完一篇好的古典作品,大不一样,这是什么缘故呢?例如说,他这一篇小说，就远远不如我去年读的库普林的一篇给我的印象好,他俩是同时代人。

小说写的是父子两人,同时爱上了一个年轻的使女,父亲成功了，儿子失败了。儿子——小说的第一人称,对他的父亲,连篇累牍地进行了挖苦、谩骂,把他描述成为一只乌鸦。

任何小说,或任何艺术,不能把技巧游离出来,使之脱离它要表现的主题思想。小说总是要把主题思想,作尽量的提炼,使之升华为高尚的、对社会人生有更积极的意义的尺度。

这篇小说,在这一方面,是谈不上的。他写了四个人物,没有一个人物是可爱的,或值得同情的,就连那个美丽的使女也是一样。

不是说,这种题材,在中国社会上就没有。但我们的作家就不是像蒲宁这种写法。蒲宁写这个故事,目的是什么?是说明爱情是由财产决定的吗？如此写出一种社会现象,就算完成了小说作家的使命吗？俄国其他古典作家,也并非这样做的。他没有塑造任何形象,在反映这一社会现实、矛盾冲突中,给人以力量,给人以希望,给人以美好的感受。他写得很熟练,但写得很肤浅,写成了父子间的争风。

年轻时,曾读过高尔基的一篇《在筏上》,题材与此有些类似,高尔基是在人物的性格上和他当时所追求的那种雕塑般的“力”上,进行描写的。读后的感觉,是坚强有力的。而蒲宁的这篇作品,给人的感觉是虚无的,没有是非的,没有希望的。这就是我读过以后,感到不愉快的原因吧?也是蒲宁之所以为蒲宁吧?

在中国,这种题材,人虽称之为乱伦,并非不能写。汉唐的古老故事,不必说了。《红楼梦》里写了宝玉和金钏的故事,更写了贾珍和秦可卿的故事,曹雪芹的手法高明,剪裁得当,十分含蓄,几乎都用暗示。但艺术的思想,小说的情调,提炼得高。他手下的人物,虽有情欲,虽有越轨,但大多数仍旧是可爱的、值得同情的,使人留恋的,是寄希望于惩罚的。

蒲宁,作为艺术家,他这一篇作品,是缺少一点主要的东西的。这就是小说的精髓。

时代不同,作家的经历不同,所选择的生活道路不同,即产生不同的思想,不同的人生观,因之产生对人生、社会不同看法、不同感情的艺术和小说。

作家如此,读者亦如此。

一九八二年六月二十七日清晨

谈　美

小　序

日前有西北大学研究生李君来舍下，询作品何以如此之美。余告以拙作无可谈者，过誉之词不可信。然感君远道而来，愿将平日想到有关艺术与美之问题，竭诚以告。李君别后，乃就谈话时自记提纲，条列为下文。

一

文、音、美、剧及其他，综合而称为艺术。凡是艺术，都应该是美的。艺术与美，可以说是同义语。这种美，包括形象和思想，即内容与形式两个方面，而且必然是统一的，没有美，则不能称为艺术。

二

艺术的美，是生活的再现。因此，生活是美的基础，可以说没有生活就没有美。但生活的美，并不等于艺术的美。艺术之美，是经过创造的。所以说，既是艺术家，就应该是创造美的人。

三

人稍有知识，即知分妍媸，辨善恶，而美与善连，恶与丑结，不可分割。在理学家讲，这是良知；在佛经上讲，这叫善知识。艺术上的创造，亦与此相同。

四

艺术家的特异功能，不在于反映，而在于创造。不在于揭示众口之所称为美者、善者，是在能于事物隐微之处，人所经常见到而不注意之处，再现美、善；于复杂、矛盾的人物性格之中，提炼美、善。

五

艺术家所创造之美，一经完成，即非生活中的东西，而成为“人间天上”的东西。曹雪芹所创造之林黛玉，即梅兰芳亦不能再现之于舞台。但林之形象、性格、语言,又能经常于日常生活之中,芸芸众生之中,见到其一鳞一爪。此一个性,伴社会生活、历史演变,而永生。此艺术之可贵,亦艺术之难能也。

六

必经创造,才能产生艺术之美。凡单纯模拟自然、模拟生活、模拟人物、模拟他人之作品,皆不能产生艺术之美,亦不得称为创作。

七

然艺术家必须经过模拟之阶段,实即观察、体验之阶段。天下未有不经过此阶段,而成为艺术家者也。观察愈细,体验愈深,则其创造成功之可能性愈大,其艺术成就亦愈高。

八

任何艺术,都要先求形似。此为初级阶段;然后,再求神似。神形兼备,巧夺天工,则为高级阶段矣。然非人人皆能达到也。

九

人皆知爱美，而艺术家对美的追求、探索，尤其强烈、执著，不同于一般。有的且近狂热，拼以身命，以求美之发挥。具备此种为美献身之狂热精神者，常常得成为艺术家。

十

美不是静止固定的东西。凡艺术，皆贵玄远，求其神韵，不尚胶滞。音乐中之高山流水，弦外之音，绕梁三日，皆此义也。艺术家于生活静止、凝重之中，能作流动超逸之想，于尘嚣市声之中，得闻天籁，必能增强其艺术的感染力量。

十一

所谓美学，即研究艺术美之学，不能离开艺术。美学属于哲学范畴，是哲学一个门类。它不是艺术现象的琐碎研究，而是探求美在创作实践中的规律。

十二

哲学是艺术的思想基础，指导力量。凡艺术家，都有他自己的根深蒂固的哲学思想，作为他表现社会，展示人生的基础。这就是一个艺术家或作家的人生哲学。

十三

作家的人生哲学，非生而知之，乃后天积学习、经历、体验而得。有的乃经过人生之一劫而后得之，《红楼梦》作者是也。虽经一劫，然又不失其赤子之心，反增强其祝福人类、改良社会之热诚与愿望，托尔斯泰是也。即使其哲学思想，并非对症之良药，然其真诚的无私之心，追求善美之勇，不可忽视。至于其艺术形象之美，婉约曼丽，容光照人，则更不能忽视之矣。

十四

美既是现实，也是理想。艺术所表现者，则为现实与理想之结合。古代美术之美，多与宗教理想相结合，然细观之，亦与社会理想相结合也。

十五

艺术与社会风尚、社会伦理、社会道德，关系至巨。凡为人生而努力的艺术家，无不注全力于此。美即真与善之结合,无真诚,无善念,尚有何美可言?故历来艺术家,多是在人伦道德上,富有修养的人。虚伪者,或能取巧于一时,终不能成为艺术家。

十六

艺术中表现之伦理道德,非说教也。艺术家长期作艺术技巧的习练,至于成熟;对人生社会,又作长期之观察、思考,熟虑于心。然后两相结合,得成为艺术。以艺术之力,感染人心,既深且永,故谓之潜移默化。

十七

艺术家创造出美的形象,以之美化人类的心灵,使之向善,此即谓之美育。中国古代,即知以艺术教化人民。最初注重音乐、诗歌,以后泛及戏剧、小说。“五四”前后,蔡元培先生提倡美育甚力, 社会风靡从之。然此旨后不得继。学校偏重智育,音乐美术之课,形同虚设。美育废弛,必然影响德育。

十八

凡能创造美的艺术家,其学习起点必高。所见所习者既高,因此能对庸俗下流者,不屑一顾。如起点甚卑,则易同流合污矣。现代一些老的艺术家,其起步多在三十年代之初,师承鲁迅现实主义之教,投身中国革命洪流,根柢甚厚。其积累之经验,可为后代言传身教者,当亦不少。

十九

凡拈花惹草,搔首弄姿,无病呻吟者,虽名为艺术家,然究不能创造真正的美。吟风弄月,媚悦世俗,皆属于东施效颦之列,因其不得国风之正也。

二十

凡虚张声势,大言欺人,捏造事实,迎风而上者,虽号称艺术家,亦不能创造真正之美。以其乃吹气球、变戏法的技巧,实非艺术的技巧也。

二十一

艺术家必注重艺术情操的修养,然后才能创造出美。艺术情操的修养,包括道德修养以及对国家、民族、时代的热诚和责任感。无此热诚及责任感者,终不能成为真正的艺术家。

二十二

要想成为真正的艺术家,在其学习创作之始,就要力求表现高尚的东西,即高尚的人物及其思想。投身革命的、进步的潮流之中,熏陶而锻冶自己的思想感情,以期与时代及人民,亲密无间。

二十三

美有个性,美有品格。凡艺术,除表现时代、社会的风貌外,亦必同时表现作者的品格、气质、道德的风貌。

二十四

凡艺术家,长期积累之后,乃进行创作。创作之时,全神贯注,与作品中人物形随神交,水乳交融,就可能创造出美的境界。但当时他所注意的只是真不真,并没有考虑美不美。美乃自然形成,非有意造作,以炫耀于观众也。至于一些对文学作品的赞美之词,“如诗如画”,“行云流水”等等,乃出自后来读者之口,非作者写作时有意追求也。凡创作之前,先存“造美”之念者,其结果多弄巧成拙,益增其丑。

二十五

凡艺术，乃人为之功，非天才之业也。投机取巧者，可以改弦易辙矣。

一九八二年二月十六日下午改讫

文学期刊的封面

人民文学出版社编辑出版的《新文学史料》，复印了“五四”以来影响较大的九种文学期刊的封面，作为它的封面装饰。每接到这本刊物，注视着封面，我是有些感想的。

《语丝》、《奔流》是鲁迅先生主编的，封面也由他设计。他除篆写了“语丝”二字和设计了“奔流”两个美术字以外，没有作其他装饰。其他七种刊物的封面，除去简单的图案以外，也是非常朴素的。

办一种文学期刊，主要是传播进步的文艺思想，发表优秀的作品。在这方面的质量如何，决定它在读者中间的信誉，也就决定了它的销路。它对封面的要求，不过是朴素大方，给读者以单纯的美，并不把它看作是招徕之术，斗艳争奇的手段。

有人可以说，那时刊物封面所以如此简单，是因为印刷技术还很落后的缘故。我以为这并不是主要的,当时有些画报,已经印得五彩缤纷,花花丽丽了。供儿童看的刊物,封面也多是彩色的。

主要原因是,当时办一种进步文学期刊,编者的美学趣味比较高,态度比较严肃。非不能也,是不为也。他们认为一种文学刊物的封面,正代表着刊物的风格面目,不应该轻佻和庸俗化。读者买一本文学刊物,也为的是看里面的文章,而不是为了看封面上的大美人。如果他有这种需要,他去买一本市场流行的画报来看好了。

我也并不反对大美人。但目前有些文学期刊上的美人画,有的颇带有广告画的趣味。

有那么一段时间,大家争着画裸体的女人,后来遭到非议,就给她们穿上一点衣服,越薄越好。穿上衣服是不得已的,被迫的。其实,作为美术作品,裸体的或穿衣服的,穿时装或穿得破破烂烂,是没有分别的。只问它是美术作品,还是广告?

就是在三十年代,以上提到的那些刊物中间,有时也登过三色版的裸体女人画,例如《小说月报》。当然没有放在封面上,而是作为插页,供读者欣赏的。当时,并没有遭到非议,因为读者知道这是美术作品。

就是广告画，也要注意艺术性。除去商业上的要求，它也要注意社会风化的影响。新式印刷的美人画，在三十年代就很流行了。那时有的烟草公司，一箱纸烟里，附赠一幅长条的时装美人画，也署着画家的名字，都是当时上海名手。他们画的美人，都是很端庄文雅的，没有那种搔首弄姿的轻浮味道。这种画很受群众欢迎，雅俗共赏，可以张之客堂，也可以悬之闺阁。

现在有些文学期刊的封面画，就有些不雅了。例如着重突出女人的胸部吧，常常使得那一部分，成了鲁迅所嘲笑的："有特大乳房一枚。"有的倒是分开了，也因为太强调这个局部，又使得人物胸前好像挂上了一架旧式军用望远镜。这些画给人的观感，都是不自然的，不美观的。

有一家刊物，由于编辑的疏忽，把封四广告上的美人画，同封面上的美人画，一视同仁地作为美术作品，列入了刊物的目录。这真是把美术和广告合而为一了。另外，听说有的刊物，一换掉封面上的美人，就立竿见影地掉下几千份的销额。所以只能想方设法地维持着这个美人的局面。这也使人奇怪，读者买这本刊物，究竟是买的它的内容呢，还是买的它的封面？

这当然都是个别现象，但文学刊物封面的花花绿绿，争奇斗艳的现象,却带有点普遍性,有失文学刊物的朴素典雅的要求,似乎应该有所改革吧!

一九八二年一月十三日下午

两个问题

我没有参加过延安文艺座谈会。那时我在晋察冀边区文协工作。当年冬天,《讲话》就传达到了边区,我记得影响很大,文艺界有很大的变动、整顿。边区文联机关及各个协会,实际上不存在了,只有一个名义。文艺干部全部下乡去。田间到了盂平县,当宣传部长,康濯到农会,邓康到合作社。我也要求下去,但沙可夫同志叫我到《晋察冀日报》去编副刊,并不许讨价还价。我那时很不愿意做机关工作,很愿意下乡。那时的下乡,并没有生活上的差异问题,吃穿住可能比在机关还好,人们都愿意下乡。

《讲话》发表以前,边区文艺界也有一些问题,在争论不休。我记得有秧歌舞问题,大众化和化大众问题,民族形式问题等等。大家学习了《讲话》,这些问题也就随之解决了。

其实主要解决的是深入生活问题和民族传统问题。深入生活,与群众在一起生活战斗,不只可以解决创作上的许多问题,包括生活基础、思想、感情。也可解决创作方法上的问题,即现实主义和民族形式的问题。群众喜闻乐见的正是这种作品。

今天学习《讲话》,学习的重点,我以为还是解决深入生活和民族传统两大问题。这两个问题如果能得到进一步的解决,其他一些枝节问题,就都会迎刃而解,并可以得到一个公正准确的评判标准,去对待文艺作品。

现在有些脱离现实、忽视生活,在形式上违反现实主义、违反民族传统的作品,所以还有市场,还有人吹捧,有些刊物还以之为生财之道,我以为是当前这一代读者,其中的主要部分,因为十年动乱,政治经济所造成的思想混乱, 因为过去很长一段时间的教育停顿, 他们的文化教养,特别是文艺修养(包括欣赏趣味,鉴赏能力)比较低的缘故。一旦广大读者的文化教养、文艺修养有所提高(很快就会提高),他们就会厌弃那些胡编乱造、装腔作势,以形形色色的伪装,来吓唬人的所谓文艺作品。

这里所说的民族传统, 当然不只是指的文艺的民族形式。而更重要的,是指民族的历史传统,民族的道德伦理观念，以及目前容易被忽视的民族尊严和民族自信。

一九八二年五月十三日

和青年谈游记写作

看了《旅行家》的应征文章，觉得游记还是青年人写得有朝气，老年人不如青年人。青年人感情丰富，感觉灵敏，写出文章来有朝气。

我想到的还是去年我在《旅行家》写的《万里和万卷》一文中提出的老问题。多读点书，积累一点历史知识、地理知识。不能光读游记。如《徐霞客游记》是地理书，从中还可以学文字。当然也可以看到作者。有一次徐霞客的仆人逃走了，把钱财卷走了。但徐霞客仍然坚持旅行。读书增加知识，还可以增长毅力。多读一点书，如《水经注》、《洛阳伽蓝记》。

一篇短文，不能面面俱到，抒发感情也要含蓄。

中国传统游记，如苏东坡、欧阳修，他们写游记有一种抱负，感慨。如《赤壁赋》、《醉翁亭记》。我们写大好河山、爱国主义，个人抱负也可以写。文字语言上要讲究。现在很少有人讲究语言，说得热闹，看着热闹就完了。这样，游记写不好。找点明、清两代的游记看看，顾炎武的《昌平山水记》，北京出版社出的，可以看看。再读一点日记，古人的日记都包含历史、地理、文学知识，这是写旅行文章需要的。一篇文章要有一条明显的线索，要告诉读者一个主要思想。从山门写到后院，全写，就是下乘了。

要多写点，不一定光写游记，这只是一种文体。游记与新闻通讯很有关系。文章怕拿架子，要出于自然。我写文章从来也不选择华丽的词，如果光选华丽的词，就过犹不及。炉火纯青，就是去掉烟气，只有火。这要有阅历，要写得自然。可以看一点“五四”时代的散文。

我提倡短，你看《古文观止》，每篇都是五六百字、一千多字。怎样写短？在脑子中想明确了，主题在脑子中明确，是缩短文章的最基本的方法。然后要删改。主题明确，修改就容易。

散文要眼见为实，文献不要引用太多。不要写成小说，不能虚构太多，不然不能取信于后代。真实为主，处处有根据，不要使后代看了，失之千里。过去作家生活方式不一样。郁达夫文章自然。学一点严肃的东西，多看点叶绍钩的东西。

游记是散文的重要文体,是中国传统的文体。古代大作家,都写游记。游记,发扬一种思想感情,固然很好;介绍风土人情,也可以。

一九八一年八月

芸斋琐谈

谈 妒

“文人相轻”,是曹丕说的话。曹丕是皇帝、作家、文艺评论家,又是当时文坛的实际领导人,他的话自然是有很大的权威性。他并且说,这种现象是“自古而然”,可见文人之间的相轻,几几乎是一种不可动摇的规律了。

但是,虽然他有这么一说,在他以前以后,还是出了那么多伟大的作家和作品,终于使我国有了一本厚厚的琳琅满目的文学史。就在他的当时,建安文学也已经巍然形成了一座艺术的高峰。

这说明什么呢?只能说明文人之相轻,只是相轻而已,并不妨碍更不能消灭文学的发展。文人和文章,总是不免有可轻的地方,互相攻磨,也很难说就是嫉妒。记得一位大作家，在回忆录中，记述了托尔斯泰对青年作家的所谓妒，并不当作恶德，而是作为美谈和逸事来记述的。

妒、嫉，都是女字旁，在造字的圣人看来，在女性身上，这种性质，是于兹为烈了。中国小说，写闺阁的妒嫉的很不少，《金瓶梅》写得最淋漓尽致，可以说是生命攸关、你死我活。其实这只能表示当时妇女生存之难，并非只有女人才是这样。

据弗洛伊德学派分析，嫉妒是一种心理状态，是人人都具有的，从儿童那里也可以看到的。这当然是一种缺陷心理，是由于羡慕一种较高的生活，想获得一种较好的地位，或是想得到一种较贵重的东西产生的。自己不能得到心理的补偿，发现身边的人，或站在同等位置的人先得到了，就会产生嫉妒。

按照达尔文的生物学说以及遗传学说，这种心理，本来是不足奇怪，也无可厚非的。这是生物界长期在优胜劣败、物竞天择这一规律下生存演变，自然形成的，不分圣贤愚劣，人人都有份的一种本能。

它并不像有些理学家所说的，只有别人才会有，他那里没有。试想：性的嫉妒，可以说是一种典型的“妒”，如果这种天生的正人君子，涉足了桃色事件，而且做了失败者，他会没有一点妒心，无动于衷吗？那倒是成了心理的大缺陷了。有的理论家把嫉妒归咎于“小农经济”，把意识形态甚至心理现象简单地和物质基础联系起来，好像很科学。其实，“大农经济”，资本主义经济，也没有把这种心理消灭。

蒲松龄是伟大的。他在一篇小说里，借一个非常可爱的少女的口说：“幸灾乐祸，人之常情，可以原谅。”幸灾乐祸也是一种嫉妒。

当然，这并不是一种可贵的心理，也不是不能克服的。人类社会的教育设施、道德准则，都是为了克服人的固有的缺陷，包括心理的缺陷，才建立起来并逐渐完善的。

嫉妒心理的一个特征是：它的强弱与引之发生的物象的距离，成为正比。就是说，一个人发生妒心，常常是由于只看到了近处，比如家庭之间、闺阁之内、邻居朋友之间，地位相同，或是处境相同，一旦别人较之上升，他就发生了嫉妒。

如果，他增加了文化知识，把眼界放开了，或是他经历了更多的社会磨炼，他的妒心，就会得到相应的减少与克服。

人类社会的道德准则，对这种心理，是排斥的，是认为不光彩的。这样有时也会使这种心理，变得更阴暗，发展为阴狠毒辣,驱使人去犯罪,造成不幸的事件。如果当事人的地位高,把这种心理加上伪装,其造成的不幸局面,就会更大,影响的人,也就会更多。

由嫉妒造成的大变乱,在中国历史上,是不乏例证的。远的不说,即如文化大革命,“四人帮”的所作所为,其中就有很大的嫉妒心理在作祟。他们把这种心理,加上冠冕堂皇的伪装,称之为“革命”,并且用一切办法,把社会分成无数的等级、差别,结果造成社会的大动乱。

革命的动力,是经济和政治主导的、要求的,并非仅凭嫉妒心理,泄一时之忿,可以完成的。以这种缺陷心理为主导,为动力,是不能支持长久的,一定要失败的。

最不容易分辨清楚的是:少数人的野心,不逞之徒的非分之想,流氓混混儿的趁火打劫,和广大群众受压迫,所表现的不平和反抗。

项羽看见秦始皇,大言曰:“彼可取而代之也。”猛一听,其中好像有嫉妒的成分。另一位英雄所喊的:“帝王将相,宁有种乎”,乍一看也好像是一个人的愤愤不平,其实他们的声音是和时代,和那一时代的广大群众的心相连的,所以他们能取得一时的成功。

一九八一年十二月二十八日

谈　才

六十年代之末,天才二字,绝迹于报章。那是因为从政治上考虑,自然与文学艺术无关。

近年来,这两个字提到的就多了,什么事一多起来,也就有许多地方不大可信,也就与文学艺术关系不大了。例如神童之说,特异功能之说等等,有的是把科学赶到迷信的领地里去;有的却是把迷信硬拉进科学的家里来。

我在年幼时,对天才也是很羡慕的。天才是一朵花,是一种果实,一旦成熟,是很吸引人的注意的。及至老年,我的态度就有了些变化。我开始明白:无论是花朵或果实,它总是要有根的,根下总要有土壤的。没有根和土壤的花和果,总是靠不住的吧。因此我在读作家艺术家的传记时,总是特别留心他们还没有成为天才之前的那一个阶段,就是他们奋发用功的阶段,悬梁刺股的阶段;他们追求探索,四顾茫然的阶段;然后才是他们坦途行进,收获日丰的所谓天才阶段。

现在已经没有人空谈曹雪芹的天才了,因为历史告诉人们，曹除去经历了一劫人生，还在黄叶山村，对文稿披阅了十载，删改了五次。也没有人空谈《水浒传》作者的天才了，因为历史也告诉人们，这一作者除去其他方面的修养准备，还曾经把一百零八名人物绘成图样，张之四壁，终日观摩思考，才得写出了不同性格的英雄。也没有人空谈王国维的天才了，因为他那种孜孜以求，有根有据，博大精深的治学方法，也为人所熟知了。海明威负过那么多次致命的伤，中了那么多的弹片，他才写得出他那种有关生死的小说。

所以我主张，在读天才的作品之前，最好先读读他们的可靠的传记。说可靠的传记，就是真实的传记，并非一味鼓吹天才的那种所谓传记。

天才主要是有根，而根必植在土壤之中。对文学艺术来说，这种土壤，就是生活，与人民有关的，与国家民族有关的生活。从这里生长起来，可能成为天才，也可能成不了天才，但终会成为有用之材。如果没有这个根柢，只是从前人或国外的文字成品上，模仿一些，改装一些，其中虽也不乏一些技巧，但终不能成为天才的。

谈　名

名之为害，我国古人已经谈得很多，有的竟说成是“殉名”，就是因名致死，可见是很可怕的了。

但是，远名之士少，近名之士还是多。因为在一般情况下，名和利又常常联系在一起，与生活或者说是生计有关，这也就很难说了。

习惯上，文艺工作中的名利问题，好像就更突出。

余生也晚，旧社会上海滩上文坛的事情，知道得少。我发表东西，是在抗日战争时期和解放战争时期。这两个时期，在敌后根据地，的的确确没有稿费一说。战士打仗，每天只是三钱油三钱盐，文人拿笔写点稿子，哪里还能给你什么稿费？虽然没有利，但不能说没有名，东西发表了，总是会带来一点好处的。不过，冷静地回忆起来，所谓“争名夺利”中的两个动词，在那个时代，是要少一些，或者清淡一些。

进城以后，不分贤与不肖，就都有了这个问题，或多或少。每个人也都有不少经验教训，事情昭然，这里也就不详谈了。

文人好名，这是个普遍现象，我也不例外，曾屡次声明过。有一点点虚名，受过不少实害，也曾为之发过不少牢骚。对文与名的关系，或者名与利的关系，究竟就知道得那么详细？体会得那么透彻吗？也不尽然。

就感觉所得，有的人是急于求名，想在文学事业上求得发展。大多数是青年，他们有的在待业，有的虽有职业，而不甘于平凡工作的劳苦，有的考大学未被录取，有的是残废。他们把文学事业想得很简单，以为请一个名师，读几本小说，订一份杂志，就可以了。我有时也接到这些青年人的来信，其中有不少是很朴实诚笃的人，他们确是把文章成名看作是一种生活理想，一种摆脱困难处境的出路。我读了他们的信，常常感到心里很沉重，甚至很难过。但如果我直言不讳，说这种想法太天真，太简单，又恐怕扫他们的兴，增加他们的痛苦。

也有一种幸运儿，可以称之为“浪得名”的人。这在五十年代末至七十年代末，几十年间，是常见的，是接二连三出现的。或以虚报产量，或以假造典型，或造谣言，或交白卷，或写改头换面的文章，一夜之间，就可以登名报纸，扬名宇内。自然，这种浪来之名，也容易浪去，大家记忆犹新，也就不再多说了。

还有一种，就是韩愈说的“动辄得咎，名亦随之”的名。

在韩愈，他是总结经验，并非有意投机求名。后来之士，却以为这也是得名的一个好办法。事先揣摩意旨，观察气候，写一篇小说或报告，发人所不敢言者。其实他这样做，也是先看准现在是政治清明，讲求民主，风险不大之时。如果在阶级斗争不断扩大化的年代，弄不好，会戴帽充军，他也就不一定有这般勇气了。

总之，文人之好名——其实也不只文人，是很难说也难免的，不可厚非的。只要求出之以正，靠努力得来就好了。江青不许人谈名利，不过是企图把天下的名利集结在她一人的身上。文优而仕，在我们国家，是个传统，也算是仕途正路。虽然如什么文联、协会之类的官，古代并没有，今天来说，也不上仕版，算不得什么官，但在人们眼里，还是和名有些关联，和生活有些关联。因此，有人先求文章通显，然后转入宦途，也就不奇怪了。

戴东原曰：仆数十年来……其得于学者，不以人蔽己，不以己自蔽。不为一时之名，亦不期后世之名。凡求名之弊有二，非掊击前人以自表襮；即依傍昔儒，以附骥尾。二者不同，而鄙吝之心同。是以君子务在闻道也。

他的话，未免有点高谈阔论吧！但道理还是有的。

一九八二年四月二十五日晨

谈谀

字典:逢迎之言曰谀,谓言人之善不实也。

谀,是一向当作不好的表现的。其实,在生活之中,是很难免的。我不知道,有没有一生之中,从来也没有谀过人的人。我回想了一下,自己是有过的。主要是对小孩、病人、老年人。

关于谀小孩,还有个过程。我们乡下,有个古俗,孩子缺的人家,生下女孩,常起名"丑"。孩子长大了,常常是很漂亮的。人们在逗弄这个小孩时,也常常叫"丑闺女,丑闺女",她的父母,并不以为怪。

进入城市以后,长年居住在大杂院之中,邻居生了一个女孩,抱了出来叫我看。我仍然按照乡下的习惯,摸着小孩的脸蛋说:"丑闺女,丑闺女。"孩子的母亲非常不高兴,脸色难看极了,引起我的警惕。后来见到同院的人,抱出小孩来,我就总是说:"漂亮,这孩子真漂亮!"漂亮不漂亮,是美学问题,含义高深,因人而异,说对说错,向来是没有定论的。但如果涉及胖瘦问题,即近于物质基础的问题,就要实事求是一些，不能过谀了。有一次，有一位妈妈，抱一个孩子叫我看，我当时心思没在那上面，就随口说："这孩子多胖，多好玩！"孩子妈妈又不高兴了，抱着孩子扭身走去。我留神一看，才发现孩子瘦成了一把骨。又是一次经验教训。

对于病人，我见了总好说："好多了，脸色不错。"有的病人听了，也不一定高兴，当然也不好表示不高兴，因为我并无恶意。对老年人，常常是对那些好写诗的老年人，我总说他的诗写得好，至于为了什么，我在这里就不详细交待了。

但我自信，对青年人，我很少谀。过去如此，现在仍然如此。既非谀，就是直言(其实也常常拐弯抹角，吞吞吐吐)。因此，就有人说我是好"教训"人。当今之世，吹捧为上，"教训"二字，可是要常常得罪人，并有时要招来祸害的。

不过，我可以安慰自己的，是自己也并不大愿意听别人对我的谀，尤其是青年人对我的谀。听到这些，我常常感到惭愧不安，并深深为说这种话的人惋惜。

至于极个别的，谀他人(多是老一辈)的用心，是为了叫他人投桃报李，也回敬自己一个谀，而当别人还没有来得及这样去做，就急急转过身去，不高兴，口出不逊，以表示自己敢于革命，想从另一途径求得名声的青年，我对他，就不只是惋惜了。

附记：

我平日写文章，只能作一题。听说别人能于同时进行几种创作，颇以为奇。今晨于写作“谈名”之时，居然与此篇交插并进，系空前之举。盖此二题，有相通之处，本可合成一篇之故也。

谈　谅

古代哲人、伟大的教育家孔子，在教人交友时特别强调一个“谅”字。

孔子的教学法，很少照本宣科，他总是把他的人生经验作为活的教材，去告诉他的弟子们，交友之道，就是其一。

是否可以这样说呢，人类社会之所以能维持下来，不断进步，除去革命斗争之外，有时也是互相谅解的结果。

谅，就是在判断一个人的失误时，能联系当时当地的客观条件,加以分析。

三十年代初,日本的左翼文学,曾经风起云涌般的发展,但很快就遭到政府镇压,那些左翼作家,又风一般向右转,当时称做“转向”。有人对此有所讥嘲。鲁迅先生说:这些人忽然转向,当然不对,但那里——即日本——的迫害,也实在残酷,是我们在这里难以想象的。他的话,既有原则性,也有分析,并把仇恨引到法西斯制度上去。

十年动乱,“四人帮”的法西斯行为,其手段之残忍,用心之卑鄙,残害规模之大,持续时间之长,是中外历史没有前例的,使不少优秀的,正当有为之年的,甚至是聪明乐观的文艺工作者自裁了。事后,有人为之悲悼,也有人对之责难,认为是“软弱”,甚至骂之为“浑”为“叛”,“世界观有问题”。这就很容易使人们想起,有些造反派把某人迫害致死后,还指着尸体骂他是自绝于人民,死不改悔等等,同样是令人难以索解的奇异心理。如果死者起身睁眼问道:“你又是怎样活过来的呢?十年中间,你的言行都那么合乎真理正义吗?”这当然就同样有失于谅道了。

死去的是因为活不下去,于是死去了。活着的,是因为不愿意死,就活下来了。这本来都很简单。

王国维的死,有人说是因为病,有人说是因为钱(他人侵吞了他的稿费),有人说是被革命所吓倒,有人说是殉葬清朝。

最近我读到了他的一部分书札。在治学时,他是那样客观冷静,虚怀若谷,左顾右盼,不遗毫发。但当有人“侵犯”了一点点皇室利益,他竟变得那样气急败坏,语无伦次,强词夺理,激动万分。他不过是一个逊位皇帝的“南书房行走”,他不重视在中外学术界的权威地位,竟念念不忘他那几件破如意,一件上朝用的旧披肩,我确实为之大为惊异了。这样的性格,真给他一个官儿,他能做得好吗?现实可能的,他能做的,他不安心去做,而去追求迷恋他所不能的,近于镜花水月的事业,并以死赴之。这是什么道理呢?但终于想,一个人的死,常常是时代的悲剧。这一悲剧的终场,前人难以想到,后人也难以索解。他本人也是不太明白的,他只是感到没有出路,非常痛苦,于是就跳进了昆明湖。长期积累的,耳习目染的封建帝制余毒,在他的心灵中,形成了一个致命的大病灶。心理的病加上生理的病,促使他死亡。

他的学术是无与伦比的。我上中学的时候,就买了一本商务印的带有圈点的《宋元剧曲史》,对他非常崇拜。现在手下又有他的《流沙坠简》、《观堂集林》等书,虽然看不大懂，但总想从中看出一点他治学的方法，求知的道路。对他的糊里糊涂的死亡，也就有所谅解，不忍心责难了。

还有罗振玉，他是善终的。溥仪说他在大连开古董铺，卖假古董。这可能是事实。这人也确是个学者，专门做坟墓里的工作。且不说他在甲骨文上的研究贡献，就是抄录那么多古碑，印那么多字帖，对后人的文化生活，提供了多少方便呀？了解他的时代环境，处世为人，同时也了解他的独特的治学之路，这也算是对人的一种谅解吧。他印的书，价虽昂，都是货真价实，精美绝伦的珍品。

谅，虽然可以称做一种美德，但不能否认斗争。孔子在谈到谅时，是与直和多闻相提并论的。直就是批评，规劝，甚至斗争。多闻则是指的学识。有学有识，才有比较，才有权衡，才能判断：何者可谅，何者不可谅。一味去谅，那不仅无补于世道，而且会被看成呆子，彻底倒霉无疑了。

一九八二年五月十五日

谈　慎

人到晚年，记忆力就靠不住了。自恃记性好，就会出错。记得鲁迅先生，在晚年和人论战时，就曾经因把《颜氏家训》上学鲜卑语的典故记反了，引起过一些麻烦。我常想，以先生之博闻强记，尚且有时如此，我辈庸碌，就更应该随时注意。我目前写作，有时提笔忘字，身边有一本过去商务印的学生字典给我帮了不少忙。用词用典，心里没有把握时，就查查《辞海》，很怕晚年在文字上出错，此生追悔不及。

这也算是一种谨慎吧。在文事之途上，层峦叠嶂，千变万化，只是自己谨慎还不够，别人也会给你插一横杠。所以还要勤，一时一刻也不能疏忽。近年来，我确实有些疏懒了，不断出些事故，因此，想把自己的书斋，颜曰“老荒”。

新写的文章，我还是按照过去的习惯，左看右看，两遍三遍地修改。过去的作品这几年也走了运，有人把它们东编西编，名目繁多，重复杂遝不断重印。不知为什么，我很没兴趣去读。我认为是炒冷饭，读起来没有味道。这样做，在出版法上也不合适，可也没有坚决制止，采取了任人去编的态度。校对时，也常常委托别人代劳，文字一事，非同别个，必须躬亲。你不对自己的书负责，别人是无能为力，或者爱莫能助的。

最近有个出版社印了我的一本小说选集,说是自选,我是让编辑代选的。她叫我写序,我请她摘用我和吴泰昌的一次谈话,作为代序。清样寄来,正值我身体不好,事情又多,以为既是摘录旧文章,不会有什么错,就请别人代看一下寄回付印了,后来书印成了,就在这个关节上出了意想不到的毛病。原文是我和吴泰昌的谈话,编辑摘录时,为了形成一篇文章,把吴泰昌说的话,都变成了我的话。什么在我的创作道路上,一开始就燃烧着人道主义的火炬呀。什么形成了一个大家公认的有影响的流派呀。什么中长篇小说,普遍受到好评呀。别人的客气话,一变而成了自我吹嘘。这不能怪编辑,如果我自己能把清样仔细看一遍,这种错误本来是可以避免的。此不慎者一。

近年来,有些同志到舍下来谈后,回去还常常写一篇文字发表,其中不少佳作,使我受到益处。也有用报告文学手法写的,添枝加叶,添油加醋,对此,直接间接,我也发表过一些看法。最近又读到一篇,已经不只是报告文学,而是近似小说了。作者来到我家,谈了不多几句话,坐了不到一刻钟,当时有旁人在座,可以作证。但在他的访问记里,我竟变成了一个讲演家,大道理滔滔不绝地出自我的口中,他都加上了引号,这就使我不禁为之大吃一惊了。

当然,他并不是恶意,引号里的那些话,也都是好话,都是非常正确的话,并对当前的形势,有积极意义。千百年后,也不会有人从中找出毛病来的,可惜我当时并没有说这种话,是作者为了他的主题,才要说的,是为了他那里的工作,才要说的。往不好处说,这叫"造作语言",往好处说,这是代我"立言"。什么是访问记的写法,什么是小说的写法,可能他分辨不清吧。

如果我事先知道他要写这篇文章,要来看看就好了,就不会出这种事了。此不慎者二。

我是不好和别人谈话的,一是因为性格,二是因为疾病,三是因为经验。目前,我的房间客座前面,压着一张纸条,上面就有一句:谈话时间不宜过长。

写文章,自己可以考虑,可以推敲,可以修改,尚且难免出错。言多语失,还可以传错、领会错,后来解释、补充、纠正也来不及。有些人是善于寻章摘句,捕风捉影的。他到处寻寻觅觅,捡拾别人的话柄,作为他发表评论的资本。他评论东西南北的事物,有拓清天下之志。但就在他管辖的那个地方,就在他的肘下,却常常发生一些使天下为之震惊的奇文奇事。

这种人虽然还在标榜自己一贯正确，一贯坚决，其实在创作上，不过长期处在一种模仿阶段，在理论上，更谈不上有什么一贯的主张。今日宗杨，明日师墨，高兴时，鹦鹉学舌，不高兴，反咬一口。根子还是左右逢迎，看风使舵。

和这种人对坐，最好闭口。不然，就“离远一点”。

《水浒传》上描写：汴梁城里，有很多“闲散官儿”。为官而闲在，幼年读时，颇以为怪。现在不怪了。这些人，没有什么实权，也没有多少事干，但又闲不住。整天价在三瓦两舍，寻欢取乐，也在诗词歌赋上，互相挑剔，寻事生非。他们的所作所为，虽不一定能影响整个社会的安定团结，但“文苑”之长期难以平静无事，恐怕这也是一个原因吧？此应慎者三。

一九八二年五月二十八日晨再改一次

读柳荫诗作记

我和柳荫同志,已经有三十多年没有见面。前两天他来天津公干,到舍下来,一进门就问:

“你还能认得我么?”

我一下就从声音、举止认出他来,两个人都乐了。

一九三九年,我在晋察冀通讯社工作,就认识了柳荫。那时他和仓夷一道工作,两个人形影不离。我和他虽然并不是那么亲近,但给我留下的印象,特别深刻。在同伴们中间,柳荫被公认为“状貌如妇人好女”,正像司马迁形容留侯张良一样。

现在他也六十多岁了。谈话间,他说晚年,有时感到寂寞。我劝他写点东西。他说,写一些诗,带来了,因为怕我没时间,放在了李湘洲那里。我说,我很愿意看看他写的东西。第二天,湘洲就把诗稿送来了,共三册。是用小学生的练习簿抄写的。字体细小纤弱,像是十三四岁女学生的手笔,偶尔抄错一两个字,还用白纸贴上,重新抄好。所用练习簿,如同新从南纸店买出来,干净得似未触手。

三本诗稿,装在一个旧封套里,表面又糊上一层同样颜色的纸,写好他自己的姓名和通讯处,贴好邮票一角八分,旁注“挂号”二字,这是为的:别人看过以后,即可很方便地送到邮局,给他寄回去。

我想:这都是老一代人的习惯。当天下午,我就坐在院子里,读完了一册。

和其他文学形式相较,“五四”以来,中国的新诗,受外国诗的影响最迅速也最显著,这是诗的形式特点决定的。欧美各国的著名诗人,古典的以及新的流派,中国差不多都是很快就有了译本,加上会外语的人很多,他们的诗,在中国都曾有人学习过尝试过。但影响比较深远的,则要数拜伦、斐多菲、普希金、涅克拉索夫、惠特曼和马雅珂夫斯基。这些诗人的作品,有两种特点:热烈的情感和对现实的凝注。欧洲的形式主义的诗和象征主义的诗,在中国也曾得到流传,并有名家,但这种诗,多行之不远,影响不大。因为这都是诗人书斋里的玩意儿,广大的群众无法接受。

与人民的现实生活及当前的命运相结合，在中国的土地上,不断产生自己的歌手。他们的成功之作,多在早期,即青春热情兴旺之时。这种热情多是单纯的,无私的,并没有其他干扰。及至晚期,经过各种消磨,大多失去朝气,影响也就渐渐微弱。

我以为,中国的新诗,从诞生就是欧化的成分居多,受外来影响较大。但这究系形式,并不妨碍中国新诗的作者,发挥其天才及热力，为中华民族的兴盛而呼号。实际上,每当变革之期,都有代表这一时代的歌者,应运而生,作雄鸡之唱,风靡一代。中国新诗的形式,恐怕就沿着这条道路走下去,这是无法挽回,也无法改变的。

对于柳荫的诗,我的印象是:婉约舒畅,节拍和谐,有一条脉脉的情绪,贯穿其间;有一点鲜明的理想,悬诸诗外。章法完整,读过后,余味无穷。

不可讳言,我对他的诗的评语,是年岁相当,经历相同,处境相似的人的一种共鸣,也可以说是知音。有些青年诗人,恐怕就不是这样看的。他们会说,这是一种过时的诗歌,是涅克拉索夫、惠特曼的老调重弹。

很可能是这样。我也承认,柳荫的诗,并不是雏凤之声，而是老凤之声。

诗贵有我，我也是这样主张的。这个我，必须联系人民，联系时代，这也是没有争论的。但在中国，强调一面，总要渐渐走到它的反面去，虽圣贤豪杰之士，亦所不免。诗中有我，但如果把我神化，不断扩张自我意识，以自我为中心，观察一切，判断一切，并且不断神化自己的天才、灵感、胆量，渐渐也就会出现一种很不健康的症状。所写出的诗，也就会变成大言欺人的东西。这种诗，以其短促、繁乱、凄厉的节拍，造成一种于时代、于国家都非常不祥的声调。读着这种貌似“革新”的诗，我常常想到：这不是那十年动乱期间一种流行音调的变奏和翻版吗？从神化他人，转而为神化自我，看来是一种新的探索，新的追求。实际上这是一个连贯的，基于自私观念的，丧失良知的，游离于现实和人民群众之外的，带有悲剧性质的幻灭过程。

我也明白，时代不同了，一切都没有过去那么单一了。战歌和牧歌，都不应时了。你听窗子外面是什么声音，斧凿叮咚，青年人在婚前，制造着一米多高的衣柜；“砖来！”“泥来！”是住户扩建几平米的小屋。伴奏着劳动之声的，是翻来覆去，百听不厌的《毛毛雨》和《桃花江》。

在这种环境里，在这种气氛里，老年人感到一点寂寞，也是势所难免理所当然的吧。回忆过去，当然有你的自由。多数人在面对现实。

我想，柳荫，正是面对现实，他才去写这些带有回忆录性质的诗的。

什么事情，忘记根源，蔑视根源，糟蹋根源，都会受到无情的惩罚。陕西、四川因为砍伐了上游的树木，破坏了水土，都已经暴发了水灾。老的一代，经历了十年大雾四塞，荆天棘地，蛇蝎环逼的痛苦生活，创伤未及平复，又写下了回忆战争，回忆饥寒，回忆疟疾，回忆战友死亡的诗。它的意义或者说它的终极目的何在呢？当然不是对现实的失望或绝望，而是寄托着一种为了祖国，为了未来，为了青年一代的希望。

读着柳荫的诗，我像听着暮鼓晨钟一样。也有回忆，也有憧憬；也有过去，也有未来；也有结束，也有开始。有多种情绪，有多种感慨，交织在我的心中。过去，是不可能这样想到今天的，然而今天，是无法忘记那样的过去的。

柳荫这次来天津，在我这里只谈了两个小时，我想留他吃顿午饭，他也没有答应。办完公事，他就回到北京去了。今天，夤夜二时，我从床上爬起来，坐在灯下。只有这个时刻，我的周围最安静。我要利用它，来为故人的诗写点什么。晚秋的蚊子集中到我的脚面上来，我忍耐着。回忆着我们在穷山恶水的阜平，共同工作的那一段岁月。

自从这个“敌”字被简化，故人随便加上一撇，便可以变成“敌人”。因此，故人的情况也已经变得很复杂了。有这样的故人：被一个跟着“四人帮”造反的头头，只是打了两拳头，就倒了过去。从此成了头头的随从、侍卫，端茶倒水，摆椅子，擦桌子，拿笔记本，捧眼镜盒。并且充当头头的密探，打小报告，甚至栽赃诬陷过去的同志。这种人现在正想着什么呢？

这样的回忆，就使人不愉快了，这也就是容易使人感到寂寞的原因之一。但是，做人、写诗，总是不能排除回忆的。最近，我为吴芝麟同志抄了一段唐写本《世说新语》，在跋尾写道：“今日午睡起，拟写十年人物志，继思：以百纸写小人之丑事，不若以一纸记古人之德行，于心身修养，为有益也。”读柳荫的诗，帮助我回忆了过去的有益的生活，给了我生活的力量，使我对坚持民族传统道德更有信心。

这种回忆，对于身心的修养，自然更是有益的。柳荫的诗，也可以说是哲理的诗，所谓哲理，是从生活的变化，推演出来的，这样的哲理才能使人信服。

一九八一年九月二十六日晨，写完并改讫

读萧红作品记

大概是前两个月吧，一位相识者去东北参加纪念萧红的会,回到北京,曾给我来信,要我谈谈萧红作品的魅力所在,探索一下她在文学创作中的“奥秘”,这确实不是我的学力所能完卷的。不过,我总记着这件事。近日稍闲,从一位同志那里借来一册《萧红文选》,一边读着,一边记下自己的感触。

此书后面附有鲁迅写的《生死场序》和茅盾写的《呼兰河传序》,对于萧红,评价最为得当。特别是鲁迅的文章,虽然很短,虽然乍看来是谈些与题无关的话,其实句句都是萧红作品的真实注脚。不只一语道破她在创作上的特点、优长及缺短,而且着重点染了萧红作品产生的时代。一针见血，十分沉痛。文艺评论写到这样深刻的程度,可叹观止。

对于萧红的作品,鲁迅是这样说的:

这自然不过是略图,叙事和写景,胜于人物的描写,然而北方人民对于生活的坚强,对于死的挣扎,却往往已经力透纸背;女性作者的细致的观察和越轨的笔致,又增加了不少明丽和新鲜。精神是健全的,就是深恶文艺和功利有关的人,如果看起来,他不幸得很,他也难免不能毫无所得。

茅盾对萧红的作品,是这样说的:

而且我们不也可以说:要点不在《呼兰河传》不像是一部严格意义的小说,而在它于这“不像”之外,还有些别的东西——一些比“像”一部小说更为“诱人”些的东西,它是一篇叙事诗,一幅多彩的风土画,一串凄婉的歌谣。

我是主张述而不作的,关于萧红,我还能有什么话说呢?

人们常把萧红和鲁迅联系起来,这是对的。鲁迅对于她，有过很大的帮助。但不能像现在有人理解的："没有鲁迅就没有萧红。"先有良马而后有伯乐。萧红是带着《生死场》原稿去见鲁迅的。鲁迅为她的书写了序，说明她是一匹良马。

鲁迅对她的帮助并非从这一篇序言开始，我们应该探索萧红创作之源。鲁迅以自身开辟的文学道路，包括创作和译作，教育了萧红，这对她才是最大的帮助。

我现在读着萧红的作品，就常常看到和想到，她吸取的一直是鲁门的乳汁。其中有鲁迅散文的特色，鲁迅所介绍的国外小说，特别是苏联十月革命时代的聂维洛夫、绥甫琳娜等人短篇小说的特色。

但更重要的是她走在鲁迅开辟的现实主义道路上。她对时代是有浓烈的情感的；她对周围现实的观察是深刻的，体贴入微的。她对国家民族，是有强烈的责任感的。但她不作空洞的政治呼喊，不制造虚假的生活模型。她所写的，都是她乡土的故事。文学创作虚假编造，虽出自革命的动机，尚不能久存，况并非为了大众，贪图私利者所为乎。

萧红的创作生活，开始于一九三三年，而其对文学发生兴趣，则从一九二九年开始。此时，苏联文学中左的倾向正受批判。同路人文学,开始介绍到中国来。鲁迅、曹靖华、瞿秋白等人翻译的《竖琴》和《一天的工作》两书,其中同路人作品占很大比重。同路人作家同情十月革命,有创作经验,注意技巧,继承俄国现实主义传统。他们描写革命的现实,首先通过对现实生活的描述。较之当时一些党员作家,只注意政治内容,把文艺当作单纯的宣传手段者,感人更深,对革命也更有益。在我国,一九三〇年以后,经过鲁迅和太阳社的论战,文艺创作也渐渐走上踏实的、注意反映现实生活的道路。不久,鲁迅等人创办《译文》杂志,进一步又介绍了普希金以下国外现实主义的古典著作,大大开拓了中国文学青年的视野,并有了营养丰富食品。萧红的作品明显地受到同路人作家的影响,她一开始,就表现了深刻反映现实的才能。当然,她的道路,也可能有因为不太关心政治,缺少革命生活的实践和锻炼,在失去与广大人民共同吐纳的机会以后,就感到了孤寂,加深了忧郁,反映在作品中,甚至影响了她的生命。

“五四”以来,中国的女作家,在文坛之上,一呈身形,而立即被广大青年群起膜拜于裙下者,厥有三人:冰心、丁玲、萧红。当然,这与其说是追慕女作家,不如说是追慕进步思想,追慕革命。冰心崛起京华,乃“五四”启蒙运动的产物；丁玲崛起湖南，乃第一次国内革命战争的产物；萧红崛起哈尔滨，乃东北沦陷、民族危难深重时期的产物。时代变革之时，总是要产生它的歌手的。多难兴邦，济济多士。伟大的时代，在暴风雨中，产生海燕之歌，产生伟大的作家。太平盛世，多靡靡之音。这是文学历史上的常见现象。但像文化大革命这样人为的、祸国殃民的所谓“革命”，是不会也不能陶铸出它自己的“作家”来的，有之，则将是批判的现实主义作品。

现在是八十年代，我读着萧红写于三十年代之初的作品。她所写的生活，她的行文的语法，多少有些陌生了。但它究竟使我回忆起冰天雪地、八年抗战，使我想起了多少仁人志士前仆后继的牺牲，使我记起《大刀进行曲》的雄壮歌声。但在我的周围，四邻八家的青年们，正在用录音机大声地，翻来覆去地，无止无休地，播送着三十年代为革命青年所不齿的《桃花江》、《毛毛雨》。就是听到重播的革命歌曲，也不复是当年的气派。才知道任何文艺作品，离开了那个时代，没有共同的感情，就只能领略其毛皮而已。以上种种，真使我废卷叹息，不胜今昔之感了。

中国封建历史悠久，女作家寥若晨星，而对于她们的作品，特别是有关她们的身世，评论界多不实之词。有庸俗的作家,就有庸俗的批评家。但对于像萧红这样革命而严肃的现实主义作家,那种习惯于把捧作家和捧戏子同等看待的无聊之辈,是不敢轻易佛头着粪的。

萧红可爱之处,在于写作态度赤诚,不作自欺欺人之谈。其作品的魅力,也可以说止于此了。评论家最好也作如是想,要正心诚意。有些评论家,几十年来,常常要求作家创造“新的人”,但想来想去,究竟不明白他们所要求的新人,是何等样人?而他们所称许的作品中的新人,又常常不见于中国的现实生活,却见于外国人的几十年前的小说。如此人物,可得称为新人乎?

萧红小说中的人物,现在看起来,当然不能说是新人,但这些人物,尤其是令人信服的现实基础,真实的形象,曾经存在于中国历史画幅之上,今天还使人有新鲜之感。她所创造的人物,就比那些莫须有的新人,更有价值了。

真正的善恶之分,是没有历史局限的。人亦如此。忘我无私,勤劳勇敢,自是我们民族的美德所在。具此特点,为今天的事业工作,则为新人。难道还有什么离开历史,离开固有道德,专等作家凭空撰写的新人吗?

远处屋顶上有一个风标,不断转移。那是随风向转移。星斗在夜间看来,也在转移。然有时转移者非星斗,乃观者本身。有些评论之论点多变,见利而趋,可作如是观。

中国女作家少,历史观之,死于压迫者寡,败于吹捧者多。初有好土壤而后无佳气候,花草是不容易成活壮大的。自身不能严格要求,孤标自赏,生态也容易不良。一代英秀如萧红,细考其身世下场,亦不胜惆怅之感。

萧红最好的作品,取材于童年的生活印象,在这些作品里,不断写到鸡犬牛羊,蚊蝇蝴蝶,草堆柴垛,以加深对当地生活的渲染。这也是三十年代,翻译过来的苏联小说中常见的手法。萧红受中国传统小说影响不大,她的作品,一开始就带有俄罗斯现实主义文学的味道,加上她的细腻笔触,真实的情感,形成自己的文字格调。初读有些生涩,但因其内在力大,还是很能吸引人。她有时变化词的用法,常常使用叠句,都使人有新鲜感。她初期的作品,虽显幼稚,但成功之处也就在天真。她写人物,不论贫富美丑,不落公式,着重写他们的原始态性,但每篇的主题,是有革命的倾向的。不想成为作家,注入全部情感,投入全部力量的处女之作,较之为写作而写作,以写作为名利之具,常常具有一种不能同日而语的天然的美质。这一点,确是文字生涯中的一种奥秘。

脚踏实地,为时代添一砖一瓦,与人民同呼吸共甘苦,有见解有理想，有所体验，然后才能谈到创作。假若冒充时代的英雄豪杰，窃取外国人的一鳞半甲，今日装程朱，明日扮娼盗，以迎合时好，猎取声名，如此为人，尚且不可，如此创作，就更不可取了。严霜时，菽粟残伤；春暖时，蔓草滋长。文章的命运，是有很大的天时地利的不同的。

一九八一年八月三十日改讫

王昌定《绿叶集》序

太平天国自我毁灭，曾国藩侥幸成功，又窜身文艺，一时被阿谀权势者推为领袖，号称桐城派的复兴。他提出文章有三大领域，即义理、词章和考据。义理一类，实即指的散文。

其实，仔细读读曾氏的文章，只会感到矫揉造作，既无真情，亦无实感。在起承转合上，学习桐城派的气的运用，也不过是虚张声势。

因为所谓义理，在他那里，虽然说得冠冕堂皇，都是虚伪的，空洞的。刻之碑碣，自无不可；悬之庙堂，也是合乎体统的。如果想使读者信服感动，就很困难了。

义理依附于现实，依附于时代和社会。文章必作真实的反映，然后才有义理产生，义理才能深入人心。作者无真情，所反映者即非真相，虽然虚情假意地在那里大哭、大笑、大喊叫,只能使路人有滑稽之感,和莫名其妙的心情。

古往今来,这样的文章是很多的,并非曾国藩一个人。

桐城派古文,到了同、光时期,它原有的一点生命力,也渐渐消失了。这和当时的政治、经济很有关联。五四新文学运动,有人振臂一呼,这一派文章,应声土崩瓦解,是有时代的因素的。

广大读者厌弃了这种空谈义理的文章,乃去探求真情实感的文章。这一时期,人们推崇像《浮生六记》那样的作者,有很多人去模拟学习。其实写个人私情,不过是散文的一体;散文和别的文字一样,所重仍在社会意义。同时因为翻译大兴,从国外又介绍进来很多新品种,英国的、俄国的、日本的、印度的散文,都对中国散文创作,起过很大影响。其中,有的在中国现实土壤生根,也有的只是昙花一现。

总的趋势是,避免空谈和说教,解放思想和感情,面对现实人生,抒发作者的真情实感。“五四”以来,确实出现了不少优秀的散文作品。

所谓生活的义和理,在这些散文中,都有所反映,并有所形成。

王昌定同志要出一本散文集,征序于我,年老多病,眼界不宽,只能谈些感想如上。

昌定曾以一篇谈诗歌创作的杂文,招致大祸。短短一篇与政治毫无关系的文章,当时竟引出那样的声势和局面,千百年后,是一定不能理解的。“四人帮”倒台以后,昌定在刊物上发表了一篇揭露性的文章,我当时看后,曾对他说揭露得含糊了一些。昌定笑着答:太露骨了,恐怕再惹乱子。我听了以后,一方面自悔失言,因为自身卑弱,我是从来不在处事为文上,去鼓励别人“勇敢”和“大胆”的。另一方面,我又为昌定能不忘前事,作为后事之师,十分赞赏。

我有时想:在人生漫长坎坷的旅途上,受些苦难,心有余悸,并不是坏事;而有恃无恐,则很危险。历史上一些纨绔子弟,处一帆风顺之时,罢棹傲歌,玩忽天地之覆载,自视为时代的宠儿,目空一切,得意忘形,他们的前途,就常常有可忧虑的地方了。因为,以其膏粱娇嫩之躯,稍遇颠簸,必至倾覆,泥首污身,不能自拔,尚能望其如平日放言,以名节自立耶?

昌定的文才是多方面的,评论、创作,都有自己的风格。习字贵藏锋敛锷，为文亦当如此，这应是我同昌定共勉的吧！

一九八二年三月六日下午

《田流散文特写集》序

太久远的事，非我所知。就亲身经历过的而言，我们的党，是非常重视新闻报道工作的。抗日战争开始不久，在各个根据地办起了报纸，同时成立了通讯社。例如，在晋察冀边区，就于一九三八年冬季，成立了晋察冀通讯社，各分区成立分社，各县、区委宣传部，都设有通讯干事。我那时在晋察冀通讯社通讯指导科工作，每天与各地通讯员联系，写信可达数十封，我还编写了一本小册子，题为《论通讯员及通讯写作诸问题》，铅印出版，可惜此书再也找不到一本存书了。

在战争年代，所谓文字工作，主要是通讯报道。大家都给报纸写稿，大家都做抗日宣传。在长期的战斗生活里，我们培养出大量的优秀的通讯员、记者，也牺牲了很多年华正茂、奋发有为的同志。在通讯员中间，并出现了不少诗人、作家，出现了不少新闻工作的骨干。

在抗日战争和解放战争期间，我们的通讯报道，都是与群众的战斗和生产、生活和感情，息息相关的，都是很真实诚挚的，都是为战争服务的。在这一时期，四方多难，大业始创，我们的党，在制定每一项政策时，都是非常谨慎的。政策是很鲜明实际的，与群众的意愿是完全一致的。每一名记者，都时时刻刻生活在群众之间，为群众工作；群众也时时刻刻关心他，帮助他，保护他，向他倾诉心曲。因此，在这一时期，新闻也好，通讯也好，特写也好，都不存在什么虚构的问题，其中更没有谎言。

战争年代的通讯，可以说是马上打天下的通讯。是战斗的，真实的，朴素的，可以取信当世，并可传之子孙的。

但是，自从我们取得了全国性的胜利，下马来治理天下的时候，通讯报道工作，就遇到了不少新的难题。特别是一九五八年以后，我们的政策偏左，主观的成分多了。而这些政策，又多是涉及农村工作的。有时，广大农民并不很理解这些政策，但慑于政治的风暴，当记者去采访时，本来质朴的农民，也学会了顺风走，顺竿爬，看颜色行事，要什么给什么，因此，就得不到什么真实的情况了。更何况，有些记者，在下乡之前，自己先有满腹的疑虑和杂念。

在这种主客观的交织下,所写出的通讯,内容的真实性,就可想而知了。这种情况,到十年动乱,已经登峰造极。只有在党的三中全会拨乱反正以后,才又逐步回到实事求是的路途上来。这方面的经验教训,非我所能详知,留待新闻工作者去总结吧。

关于通讯、特写,现在我想到的,却还是一个真实问题。我以为通讯、特写,从根本上讲,是属于新闻范畴,不属于文学创作的范畴。现在有一种所谓“报告文学”,把两者的性质混淆起来,造成了不少混乱。通讯、特写都是新闻,是直接为宣传工作服务的。说得冠冕一些,是制定政策或修订政策的基础。其真实性、可靠性是第一义的,是不允许想当然的。现在有些报告文学,名义上写的是真人真事,而对人物只是一知半解,各取所需;对历史情况,又非常生疏无知。强加一些感情抒发,捏造一些生动的场面,采取一些电影手法,以此吸引读者,其结果,因为与事实相违,就容易成为虚无缥缈的东西了。

当然,通讯、特写,其优秀者,也必然会成为文学作品、文学读物。有人把通讯、特写,看成是外来的样式,新兴的东西。其实在中国古典散文中,是常见的,占很大的比重。例如在古文选本上常见的,王禹偁的《唐河店妪传》,就可以称为“战地通讯”，至于柳宗元的《捕蛇者说》等篇，就更可以说是“人物特写”了。有些记者，醉心于外国式的报道方式，不去研读中国的散文写法，也是使一些新闻通讯，现实主义不强，缺乏中国气派的原因之一吧。

必也正名乎！我觉得通讯、特写要和当前有些报告文学划清界限，规规矩矩地纳入新闻报道的轨道。

田流同志的散文特写集，就要出版了，这是一部有真实内容并有中国散文传统的特写集。他来信叫我写几句话，我感到非常荣幸。田流同志是我们党在抗日战争期间，更准确地说，是在解放战争期间，培养起来的青年记者。经过长期的努力和修养，他后来终于成为名记者，新闻工作的领导骨干。他很有才华，如果我记忆不错，他在青年时，还时常写诗、写歌词。老区土地改革期间，在饶阳一带，我们曾有一些日子，在冀中导报社的大院里，一块蹲着吃小米干饭。后来虽然一直没有机会见面，他那青年有为又非常谦虚质朴的精神，长期以来在我的印象里，是很深刻、很清楚的，很值得怀念的。

一九八二年三月二十九日上午

再谈贾平凹的散文

自从读了《一棵小桃树》以后，不知什么原因，遇见贾平凹写的散文，我就愿意翻开看看。这种看，完全是自愿的，很自然的。就像走在幽静的道路上，遇见了叫人喜欢的颜面身影，花草树木，山峰流水，云间飞雀一样，自动地停下脚步，凝聚心神，看看听听。

老年人精神不济，眼力不佳，报刊上的奇文佳作虽多，阅读的机会却很少。一是刊物太多太杂，看不过来；二是一看题目，又多是什么“青青”呀，什么“声声”呀，什么“风情”呀，好像吆喝小卖一样，一语道破，柜子里是什么货色，也就没有兴趣去急看过问了。当然，以题目取舍文章，很多好的东西，可能就失之交臂了。再有就是怕看长文章，还有就是怕看小字。

最近一个时期，先后读了贾平凹四篇散文。一篇写大雪中出行的，登在《天津日报·文艺周刊》上，题目忘记了。另一篇题目好像是《泉》，写伐倒的一棵老槐树，又长出新枝的，却忘记了登在什么刊物上。第三篇是《静虚村记》，登在《文学报》上，第四篇就是登在近期《散文》上的《入川小记》。《入川小记》也是小字，却破例在灯下细读了。

说句真诚的话，读贾平凹的散文，对我来说，的确是一种享受。再说句请作者不要见怪的话，也是一种消遣。

我不大喜欢读，更不喜欢看那些“紧张、火炽”的，或者“香艳、肉感”的文艺场面。因为不喜欢，我就常常认为，这些场面，都是装腔作势的，虚伪编造的。避之唯恐不及，就像走在路上，遇到了什么使人不愉快或者厌恶的事物一样。

我常常想，人类是从山林里发源的，带有喜爱自然的天性。我曾对人讲，如果把一只新捉来的山雀，笼装挂在大城市的繁华街道上，不上两天，它就会无疾而终。这当然是我的杞忧，因为繁华的都市生活，正在以其宏大的物质力量，吸引着大量原来生活在山林里的人。

身处人海之中，心想山林之美，我读着贾平凹的散文，就像离开了大都市，又从容漫步在山野乡村的小道上了。在这种小道上，我闭上眼睛走，也不会遇到什么危险的。

吹来的风，是清新的，阳光是和暖的，仰头彩云浮动，俯视芳草成茵。行路人即使忍饥挨渴，摩顶放踵，他的心情也是平静的，没有任何哀叹和怨言吧。

然而，自然的天地在逐渐缩小，物欲在人的精神世界里，比重越来越大。人口的密度越大，道德的观念越薄。这是不用做什么实验，就可以看得很清楚的。

为了寻求一种安宁身心的机会，不期然而然的，我遇到了贾平凹的散文。

有一位同志曾经好心地从北京写信告诉我："贾平凹近来的散文，哲理多了，生活少了。"我复信说："有这种现象。你是否写篇文字，和他讨论一下，促使他考虑呢？"另外我说："年轻人喜欢上了什么，他总要热中执著一个时期的。过后，他也许就会改变一下航道。"说这种话，已经是去年秋季的事了。那位同志，出于慎重，也没有写什么文章。

当然，例如写大雪的那篇，还有写古槐的那篇，哲理是多了一些。但像近来写的《静虚村记》和《入川小记》，其中就没有什么"哲理"，累累挂满枝头的，都是现实生活。

以这两篇散文而论，他的特色在于细而不腻，信笔直书，转折自如，不火不瘟。他的艺术感觉很细致，描绘的风土人情也很细致。出于自然，没有造作，注意含蓄，引人入胜。能以低音淡色引人入胜,这自然是一种高超的艺术境界。

他有些散文,在细致这一点上,好像受了泰戈尔散文的影响,这是可能的。在艺术感觉、作者用心上,时代不同,生活各异,也是会有相通之处的。但是,总的看来,他的散文是中国传统的,是有他自己的特色和创造的。最突出的就是《静虚村记》和《入川小记》。

他的创造在于:用细笔触,用轻淡的色彩,连续不断地去描绘现实生活中,人们所习见,而易于忽略的心理和景象。在他的笔下,客观与主观,都是非常自然的,非常平易近人的。而其声响却是动听的,不同凡响的。

他的文字,于流畅绚丽之中,略略带有一种山野朴讷的音调,还有轻微的潜在的幽默感。以这样的文字,吸引读者,较之那种以高调门吸引读者,难度更大。但他做到了。当然,在文字上,有些地方,还可以推敲,还可以更考究。

在这两篇之中,我尤其喜爱《静虚村记》,我认为这是一篇更完整,更格调一致,更自然,更有现实意义的散文。

过去,我确实读过不少那种散文:或以才华自傲;或以境遇自尊;或以正确自居。在我的读书印象里,残存着不少杂质。贾平凹的散文,代我扫除了这些杂质,使我耳目一新。当然,就像我最喜爱的这篇《静虚村记》,如果给它推算一下命运,也可能得不到多少选票,不能引起轰动。(好在作者著作宏富,我推算错了,也不妨事。)因为这不是一篇大富大贵的文字,而是一篇小康之家的文字。读着它,处处给人一种风调雨顺,五谷丰登,光亮和煦,内心幸福的感觉。这不能不说是足以表现我们的伟大时代的祥瑞之作。

一九八二年四月七日晚,
大风降温,披棉袄,灯下记

贾平凹散文集序

我同贾平凹同志，并不认识。我读过他写的几篇散文，因为喜爱，我发表了一些意见。现在，百花文艺出版社要出版他的散文集了，贾平凹来了两封信，要我为这本集子写篇序言。我原想把我发表过的文章，作为代序的，看来出版社和他本人，都愿意我再写一篇新的。那就写一篇新的吧。

其实，也没有什么新鲜意思了。从文章上看(对于一个作家，主要是从文章上看)，这位青年作家，是一位诚笃的人，是一位勤勤恳恳的人。他的产量很高，简直使我惊异。我认为，他是把全部精力，全部身心，都用到文学事业上来了。他已经有了成绩，有了公认的生产成果。但我在他的发言中或者通信中，并没有听到过他自我满足的话，更没有听到过他诽谤他人的话。他没有否定过前人，也没有轻视过同辈。他没有对中国文学的传统,特别是“五四”以来的现实主义传统,发表过似是而非的或不自量力的评论。他没有在放洋十天半月之后,就侈谈英国文学如何、法国文学又如何,或者东洋人怎样说,西洋人又怎样说。在他的身旁,好像也没有一帮人或一伙人,互相吹捧,轮流坐轿。他像是在一块不大的园田里,在炎炎烈日之下,或细雨蒙蒙之中,头戴斗笠,只身一人,弯腰操作,耕耘不已的青年农民。

贾平凹是有根据地,有生活基础的。是有恒产,也有恒心的。他不靠改编中国的文章,也不靠改编外国的文章。他是一边学习、借鉴,一边进行尝试创作的。他的播种,有时仅仅是一种试验,可望丰收,也可遭歉收。可以金黄一片,也可以良莠不齐。但是,他在自己的耕地上,广取博采,仍然是勤勤恳恳、毫无怨言,不失信心地耕作着。在自己开辟的道路上,稳步前进。

我是喜欢这样的文章和这样的作家的。所谓文坛,是建筑在社会之上的,社会有多么复杂,文坛也会有多么复杂。有各色人等,有各种文章。作家被人称做才子并不难,难的是在才子之后,不要附加任何听起来使人不快的名词。

中国的散文作家，我所喜欢的，先秦有庄子、韩非子，汉有司马迁，晋有嵇康，唐有柳宗元，宋有欧阳修。这些作家，文章所以好，我以为不只在文字上，而且在情操上。对于文章，作家的情操，决定其高下。悲愤的也好，抑郁的也好，超脱的也好，闲适的也好。凡是好的散文，都会给人以高尚情操的陶冶。王羲之的《兰亭集序》，表面看来是超脱的，但细读起来，是深沉的，博大的，可以开扩，也可以感奋的。

闲适的散文，也有真假高下之分。“五四”以后，周作人的散文，号称闲适，其实是不尽然的。他这种闲适，已经与魏晋南北朝的闲适不同。很难想象，一个能写闲适文章的人，在实际行动上，又能一心情愿地去和入侵的敌人合作，甚至与敌人的特务们周旋。他的闲适超脱，是虚伪的。因此，在他晚期的散文里，就出现了那些无聊的、烦絮的，甚至猥亵抄袭的东西。他的这些散文，就情操来说，既不能追踪张岱，也不能望背沈复。甚至比袁枚、李渔还要差一些吧。

情操就是对时代献身的感情，是对个人意识的克制，是对国家民族的责任感，是一种净化的向上的力量。它不是天生的心理状态，是人生实践，道德修养的结果。

浅薄轻佻,见利而动,见势而趋的人,是谈不上什么情操的。他们写的散文,无论怎样修饰,如何装点,也终归是没有价值的。

我不敢说阅人多矣,更不敢说阅文多矣。就仅有的一点经验来说,文艺之途正如人生之途,过早的金榜、骏马、高官、高楼,过多的花红热闹,鼓噪喧腾,并不一定是好事。人之一生,或是作家一生,要能经受得清苦和寂寞,经受得污蔑和凌辱。要之,在这条道路上,冷也能安得,热也能处得,风里也来得,雨里也去得。在历史上,到头来退却的,或者说是消声敛迹的,常常不是坚定的战士,而是那些跳梁的小丑。

一九八二年六月五日晨起改讫

《李杜论略》读后
——给罗宗强的信

宗强同志：

温超藩同志转来你的信和惠赠的书：《李杜论略》，都收见了，非常感谢！

大著用比较的方法，从六个方面进行探讨，旁征博引，用力甚勤，读起来是很有兴味的。并使人看出，比较研究，其目的是为了阐明文学创作的规律，并非定其优劣。但叫我提意见，就使我感到困难了。我对古典文学，因幼年未能专修，后来是零碎补习，所以知道得很少。感于你高雅的嘱望，也随便谈谈吧。

我以为，如果谈比较研究的方法，中国实古已有之，古已尚之，但并不完备，其方法也不太科学。自汉以后，有班马异同之论，唐以后有李杜优劣之说。专著零篇，不胜其读。在文学艺术领域，异同之论可取，优劣之说不可取。因为，文学艺术要求异，并不要求同。异者愈众，则风格不同者愈多，证明文学艺术发达繁荣，如同者众，文学艺术单调划一，则不发达不繁荣之征候也。十年动乱期间，文学艺术可谓大同而无异矣，能说是发达繁荣吗？所以我们的文学史，只需要一个杜甫，一个李白，而不需要很多同样的李、杜。几百年、几千年，也只有一个就是了，这就是求异。在同一时代，如李、杜所处，产生不同风格的两个大诗人，这是时代的光荣，如果产生四个或十个，那就是时代更大的光荣。种花养鱼，吃饭穿衣，都希望多有一些新的品种，新的花样。何况作为人类精神食粮的文学艺术？

但有人，一定要在两人之间，定出个优劣来，这是封建观念在作祟。我们中国长期科举取士，名次观念很重，时至今日尚有余毒，不可不察。金榜题名，龙门登进，不得不名判甲乙，但文学评论与研究，断断不能用这种近似儿戏的办法。这对文学艺术的繁荣，是一点好处也没有的。至于为了投当前政治之机，对古人信口雌黄，虽出自权威者的皇皇巨著，摈之不读可也。

以上，是我随便谈一点读了大著之后引起的感想，并非说你是主张优劣论的。不是，你是反对优劣论的。在六点比较方面，我以为作家之不同，生活经历，起主导作用。

应列为首题。创作方法、艺术风格、艺术表现手法很难分，你分成三章论述，恐怕要时有互相出入的困难吧。如分为两章，则容易统制。政治思想、生活理想、文学思想之难分，亦如上述，如划分得再为严格一些，我想既会避免重复论述，也可避免引用资料过多，过于琐碎的毛病。中国的诗话太多，历代被列为著述。其中大多数烦琐偏执，实不能被看作文学评论。引用之时，最好有所选择。这些意见，只是供你参考，并希望得到你的教正。

祝

好

孙　犁

十月五日

再论流派

——给冯健男的信

冯健男同志：

大作《荷派作品集》序文，今天下午收到，当即开封拜读。序文于历史背景叙述，言简意赅，具笔削之工，于作品选择，取精用宏，得剪裁之当。第一部分，尤其精彩。第二部分，举例虽稍多，然并不泛泛，且涉及序文体例，亦不可少。第三部分，总揽全程、加以申述，识见醇正，掩卷仍有余味。兄之评论文章，弟向所钦仰，此作印象尤佳。

关于流派之说，弟去岁曾有专题论及。荷派云云，社会虽有此议论，弟实愧不敢当。自顾不暇，何言领带？回顾则成就甚微，瞻前则补救无力。名不副实，必增罪行。每念及此，未尝不惭怍交加，徒叹奈何也。

鲁迅所言，文学团体非豆荚之说，乃至理名言。即使为豆荚，能总体一时，豆熟则荚裂，命运亦各不同。本身充实,得天独厚者,坠入土壤,则生发无穷,另生新荚。其不得水土者,或至腐朽湮灭。况于荚内之时,即志趣不同,有所变异,甚或萁豆相煎者乎。

此因流派一词,即含有不固定及易变化之义。有为之士,所关心者,为本身之利益及创作之前程,非必关心流派之发展与前途也。于己有利时,则同派而同流,于己无益时,则异派而自流矣。

故流派之说,虽为近人所乐于称道,然甚难言矣。固执者视而有之,达观者疏而略之。必拘泥之,而定形命名,甚无谓也。

弟亦俗人,未敢多违众议。故于兄之编选劳作,虽疑信参半,然于兄之文章及好心,仍感激而击节称善也。

即请

大安!

孙　犁

一九八二年一月十二日

关于我的琐谈
——给铁凝的信

铁凝同志：

二月十九日信，今天下午收到。说实话，我在年轻时，是很热情的。一九三九年，我在晋察冀通讯社工作，每天给通讯员写信，可达数十封。加里宁说，热情随着年龄，却是逐年衰退的。现在老了，很不愿写信。我的孩子们来信，我很少回信，她们当然可以原谅我。但有些朋友，就不然了。来了两封信，并无要紧事，我没有及时答复，就多心起来，认为是“从来没有的”事。他不想一想，一个七十岁多病的人，每天要生火，要煮饭，要接待宾朋，要看书写东西，哪能每封来信都及时回复呢！人老了，确实没有那么多的精力了。

我对友人，都一视同仁，从不厚此薄彼，更不会因为这一个去得罪那一个。

你看过《西游记》，一路之上，两位高徒互进谗言，唐僧俯耳听之，还时常判断错误。我是凡人，办法是一概不听，而且非常不愿意听这些谈论别人是非的话。我愿意听些愉快的事，愉快的话。或论文章，或谈学术，都是能使人心胸开阔，精神愉快的。

有些关于我的文章，起了副作用。道听途说，东摘西凑，都说成是我的现实，我的原话。其实有些事，是我几十年前才能做的。这样就引来很多信件、稿件、书籍，叫我看。我又看不了多少，就得罪人。对写那些访问记的人，也没有办法。想写个声明，又觉得没有必要。

例如有些访问记，都说我的住处，高墙大院，西式平房，屋里墙上是名人字画，书橱里琳琅满目，好像我的居室是奇花异草、百鸟声喧的仙境。其实大院之内，经过动乱和地震，已经是断壁颓垣，满地垃圾，一片污秽。屋里门窗破败，到处通风，冬季室温只能高到九度，而低时只有两度。墙壁黝暗，顶有蛛网。也堆煤球，也放白菜。也有蚊蝇，也有老鼠。来访的人，能看不到？但他们都不写这些，却尽量美化我的环境。最近因为有人透出我的住址，有一个青年就来信说，可能到我家来做“食客”。你想，我自已都想出家化缘，他真的要来了，将如何办理？

另有一个青年，来采访我的业余生活。观察半日，实在找不到有趣的东西，他回去写了一篇印象记，寄给我看，其中警句为：

“我从这位老人那里，看到的只是孤独枯寂，使我感到，人到老年，实在没有什么乐趣。因此我想，活到六十岁，最好是死去！”

并叫我提意见，我把最后两句，给他删掉了。

我还要活下去呀！因为我想：我从事此业，已五十年。中间经过战争、动乱、疾病，能够安静下来，写点东西，还是国家拨乱反正以后，最近几年的事。现在我不愁衣食，儿女成人，家无烦扰，领导照顾，使安心写点文章，这种机会，是很难得的，我应该珍视它。虽然时间是很有限了。我宁可闭门谢客，面壁南窗，展吐余丝，织补过往。毁誉荣枯，是不在意中的了。

最近《文汇报》发了我的一封信，不知见到否？

我身体不好，心情有时也很坏。最近写了几篇小说，你如能见到，望批评之。

你写的那篇散文《我有过一只小蟹》，谢大光已经给我介绍过，登出来，我一定看。就说你近年的作品吧，我本想找个心境安静的时候，统统看一遍，而一直拖着，我想你就不会怪罪我，我却时常感到不安。此外，别人的作品，压在我这里的还有很多，我都为之不安，但客观情况又如此，我希望能得到谅解。而有些人，平日称师道友，表示关怀，稍有不周，便下责言，我所以时有心灰意冷之念也。当然这是不应该的。

总之，我近来常感到名不副实的苦处，以及由之招来的灾难。

春天，你如能来津，我很欢迎！我很愿意见到你！

祝

好！

孙　犁

二月二十一日晚灯下

给傅瑛的信

傅瑛同志：

刚才收见你的热情来信，很是感动。

你准备写关于我的文章，我是很高兴的，并预祝你能写得满意。我能帮助你的，是提请你在写作时，应该注意这些事项。

这两年，写这方面文章的已经不少，多是人云亦云，能提出自己新的研究成果的，并不多见。这一方面，是我本身本来浅薄，没有什么可以研究的；另外，有些作者，对我的作品、生活经历、艺术爱好、性格气质，知道得太少，多是道听途说之言。我想，你写时，如果能把以上几方面，结合你读我的作品的心得，写些别人没有谈过的、生动活泼、新颖、有多方面根据的论点出来，一定是很有意义的事，这对我的帮助,也会是很大的。

写论文应从作品研究出发,把作品读熟,并有自己的看法,能与作品起到共鸣,那文章就一定能写好。我希望你作些札记,然后用论点把它们连贯起来。

《文艺报》六月份和七月份,将刊登我一篇文章,题目是:《生活和文学的路》,共一万五千字,包含我的生活历程,文学见解,以及文艺与政治,现实主义、人道主义等等。这对我来说,已经是“长篇创作”了。我投入了很大的力量。为什么想写这样一篇文章呢?这也是文人的一种积习。我觉得,我已经是风烛残年,我想给自己做个总结。这是可信的。其他的人所谈,多传闻之辞,不足为凭的。刊出后,你能读一读这篇文章吗?它将会对你的写作,有一些帮助的。我想你读起来,会是有兴趣的。

你如果暑假有回津探亲的计划,我很欢迎你到寒舍谈谈。我有病,很少出门,所以是很好找的。如果你只是为了见见我,天气这样热,路途又这样远,专程一趟,那实在是不敢当的。我不善于谈话,见面恐使你失望,写信最好。

见到你的信,马上写了这些话,没有条理,如所答非所问,望再来信。

专复。

祝

学安

孙　犁

一九七九年五月二十八日下午一时

附　录：

北平的地台戏

在北平的天桥、西单商场、东安市场的游艺场里，和那些说相声的、唱大鼓书的、变戏法的在一起，我们常见到唱地台戏的人们。

和说相声的、唱大鼓书的一样，他们也是靠着嘴吃饭的。不过因为他们的组织，他们演戏的技术和“舞台”的形式的新奇，他们是更容易引起我们的注意。

戏剧本来就是一种特殊的艺术，它能够由视觉与听觉，直接打动民众的心灵而支配其生活的意念，它能够最敏快地最牢紧地把握住民众的情绪。

在任何时代，任何地方，戏剧是最有力的艺术而最普遍地为人们从事着，不论它的形式是怎样的不同，都随时随地在变化着。

在近代，随着社会组织的细密，戏剧，已经成为一种繁重的艺术。这种现象，使戏剧在某一点上，脱离了民众。

这种事实，处处明显地表现着。尤其在都市里，能够到戏院去的人们,是很少的。

然而,一般的贫苦的人们,也是需要戏剧的,这或者,比别的人还要迫切,他们过度地疲劳,是渴望着安慰与调剂的。

于是,在都市里,就有一种新的"剧场"来供给他们。

北平的地台戏的精彩,在别的地方是不容易见到的,这或者因为北平是"京戏"发源地。

地台戏的演出,差不多全是京戏。我们知道京戏在北平是最普通的,上自达官贵人,下及劳苦大众,没有一个人不在喜爱着这种玩意儿。

在平地上,摆好两圈板凳,观众就坐在上面,中间的空地,就成了台面。

还有一张方桌,这可以说是后台,在桌的两旁坐下了拉胡琴和弹月琴的乐师。一切的演员也站在那里。

他们的乐器很简单,除去必用的胡琴外,还有一把月琴,两块硬木板代替了鼓板,至于,京戏应有的其他乐具,便全拿嘴来代替了。

他们的角色,也就三四个,全是很年幼的孩子——八九岁至十一二岁。

他们也有领班的, 这个人是有舞台的经验和灵活的手脚的。

一出戏要开始了,他便用嘴打着开场锣。他用一条布蒙住了演员的脸,等胡琴拉完了过门,他把那条布一揭,演员便算上了台,一声声地唱起来。

也不化装,也不照规定动作,小孩子只是站在这里唱。唱得很不错,我们可以猜想,他们曾经怎样地刻苦着学来的。

我曾看见这么一回事,一个小孩饰曹操演捉放宿店,在他要出场的时候,领班的拍了拍他的头发说:“用力唱,唱完给你买包子吃。”为了“吃”,那小孩就格外地卖着力气。

在一出戏的终了,小孩们便捧着小盘向观众索钱。人最多的时候, 他们可以得到三角或五角。平常的时候,只能得到两角来钱。

在现阶段的社会里,一切“艺术”都脱离了广大的群众。因为戏剧的本身是一种综合的艺术,在这方面,是更明显地表现着。

地台戏,以“原始的”形式来接近广大的群众,而能得到艺术的效果,是很值得我们来探讨着。

话剧运动在中国,是早就为一般人努力着,在过去,每每为了公演筹备不易,便流产了公演,想起来,是很痛心的事情。为了演出上的方便,“自由剧场”运动,“小剧场”运动,在从前,也曾有人从事提倡和创制过。我想如果能够批判地采取了地台戏演出的形式,对于话剧运动的普及是有无限的帮助的;同时,在艺术大众化的口号下,这种工作也是很迫切地期待着有人来从事。

我郑重地提出这个问题,希望大家来讨论。

(原载一九三四年十一月二十九日、三十日、
十二月一日天津《大公报》的“本市附刊”)

《子夜》中所表现中国现阶段的经济的性质

这里,不是介绍,不是批判,而是质直的说明读《子夜》应注意的所在,希望《子夜》的广漠的读者大众共同来研究。

当《子夜》刚刚出版,整个国内读书界,便来了空前的轰动,市场上的畅销,出版界的宣扬,十足的表现了,这部书,除去作者的优秀技术不论,取材上是抓住了中国目前最严重的问题。

关于中国经济性质,争论已有四五年之久,而在一九三一年以《读书杂志》为中心战场,开展了肉搏的斗争。这并不是说,因为《读书杂志》的论战才有这样热烈的论争,反是因为此问题的日见严重迫切,才产生了这些论战场所。

同时我们要看,《子夜》的作者,在一九三〇年的秋夏之交,便有了大规模的描写中国社会现象的企图,到一九三一年十月,乃整理所得的材料,开始写作(见《子夜》后记)。从这里,我们便可认清,《子夜》的作者,是要以艺术的手腕,来解答这个社会科学上的问题的。

“中国社会到底是一个怎样的社会呢?”这是人人要求解答的问题。虽然论争了这么长的时间,虽然各派有各派固执的答案,然而截至现在,还没有得出一个“大同”的结论来。

《子夜》的作者是文艺家,他企图解答这个意见分歧谜样的问题,颇值得我们注意;同时,作者以客观写实的手笔,来描述现社会的情况,不作闭户凭空的理论制造,更是值得我们来研究。不过稍为感到一点缺陷,就是《子夜》偏重都市生活的描写,而忽略了农村经济的解剖。这在作者已经声明于前了。(见《子夜》后记)

如果我们不是为消遣而读这部小说,如果我们不是为了“时髦”而鉴赏这部文学作品,只要潜心地去研究,我们很容易地便找到《子夜》的作者所暗示给我们的关于中国经济问题的几条解答。那就是:

一、中国民族工业的运命的描述

二、国内金融资本的现状的刻露

三、帝国主义对于中国经济的影响的说明

四、中国土地问题的探讨

五、农民运动前途的素描

六、产业工人力量的估量

七、中国将来革命性质的暗示

而这几条答案,在关于中国经济性质的讨论上,是最关重要的。

虽然还有人酸酸愤愤地喊:“《子夜》竟有几个人读?有几久的寿命?”(见天津《益世报》梁实秋主编《文学周刊》第三十六期莲子著《文学的永久性》)然而事实上,《子夜》所把握住的读者,在高级的意义上,较之前此的诸文艺作品,是首屈了一指的。同时,在效能上说,《子夜》也充分地尽了它那时代的任务。一句话,《子夜》的本身是具有不可否定的价值的。

是以我做了这抛砖引玉的工作,焦渴地希望有一篇详细的“《子夜》索隐”出现,来完成这研究的发端。

(原载《中学生》杂志
一九三四年一月第四十一号)

后　记

尺泽二字,引自古书,其义甚明,就不再作什么解释了。

尺泽虽小,希望它是清澈的,没有污染的。它是从我的心泉里流出来,希望能通向一些读者的心田里去。

希望在它的周围,能滋生一片浅草,几棵小树。能为经过这里的,善良的飞鸟和走兽,春燕或秋雁,山羊或野鹿,解一时之渴,供一席之荫。

希望它不要再遭到强暴的践踏,风沙的掩盖,烈日的蒸煮。蚊蚋也不要飞舞其上,孑孓其中。

在历史上, 它是有过这种不幸的遭遇的。前些年,才又遇到一场春雨,使它复苏。因此,它特别珍惜自己的存在,珍惜自己的余生。

因为是水,是有源泉的水,是清澈的水,凡是经过这里，投影其中的，都可以显现自己的面目。妍者自妍，媸者自媸。它是没有选择的，一视同仁的。

它的存在，年深日远，它确实有些疲倦了。它不愿再与任何事物，作使自己也使别人无聊的纠缠。

总之，在它的容纳之中，都是小的、浅的、短的和近的。江海之士，浏览一下，就会失望而去的。

末附三十年代，我习作的两篇文艺论文，分别由两位青年朋友，从旧杂志报章抄录而来。三十年代之初，我读了不少社会科学的书籍，因之热爱上接近这一科学的文艺批评。并且直到现在，还不改旧习，时常写些这方面的，不登大雅之堂的文章，为权威者笑。读者看过这两篇短文，也就可以知道，尺泽源流之短浅，由来已久，不足为怪矣！

一九八二年七月四日下午大热，

闻雷声